우리 사랑은

매년 다시 피어나는
봄꽃 같았으면 좋겠다

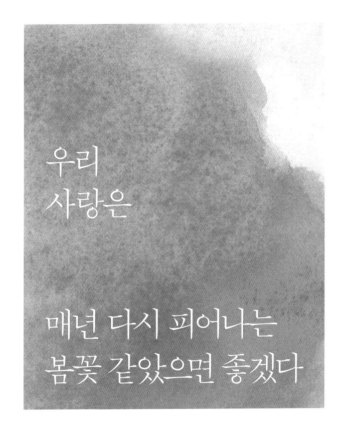

우리
사랑은

매년 다시 피어나는
봄꽃 같았으면 좋겠다

사봉빈 에세이 ──── 원주해 그림

허클베리북스

당신을 만나서
정말 기뻤어요

여기는 바다입니다. 당신과 함께 왔던 바다죠. 여기서 당신을 생각해요. 당신 없이 당신을 생각합니다.

당신이 떠나고 많은 일이 있었습니다. 당신이 들었다면 분명 웃었을 이야기가 많아요. 제가 그래도 다시 한번 누군가를 사랑해보려다 우습게 망쳐버린 이야기, 당신에게 배운 사랑의 마음으로 저도 누군가를 조금은 위로해주었던 이야기. 이런 이야기들을 당신에게 털어놓는다면 당신은 어떤 말을 해줄까…… 그런 생각을 하며 살아가는 요즘입니다.

당신이 곁에 있을 때는 잘 몰랐는데, 당신이 떠나고 나니 당신을 알기 전과는 제가 전혀 다른 사람이 되었다는 사실을 깨달았습니다. 다른 사람을 사랑하는 일에도, 저를 사랑하는 일에도 별 관심이 없던 제가 온 세상을 사랑하는 사람이 되었어요.

이 책은 당신이 떠나고 오히려 더 충만해져버린 저의 사랑을 어떻게 다루어야 할지 고민하다가 만든 책입니다.

◇

서른한 편의 시와 시 하나하나마다 붙인 서른한 편의 짧은 이
야기, 그리고 각각의 시와 함께 호흡하는 서른한 편의 그림을
정성을 다해 엮었습니다.

여기 실은 서른한 편의 시는 한국과 미국, 영국, 프랑스, 독
일, 스페인, 러시아, 중국, 페르시아, 일본 등 세계 10개국 시
인들이 쓴 시입니다. 사랑을 노래한 아름다운 시들만 골라서
긴 시간 동안 다듬고 옮겼습니다. 이 시를 쓴 시인들은 태어
난 나라뿐만 아니라 활동한 시기도 다양한데, 이르게는 서기
825년에 태어난 시인부터 1989년에 태어나서 이제 서른두
살이 된 시인까지 있습니다. 시를 모으며, 이 시를 쓴 시인들
모두가 짧은 사랑의 순간을 영원한 시간으로 만들려고 시도
했다는 사실을 깨달았습니다. 그 노력으로 인해 이 시들이 오
랜 시간과 넓은 공간을 넘어서 제게 올 수 있었겠지요.

저도 당신이 제게 준 사랑과 우리가 함께했던 순간을 영원히 기억하기 위해서 글을 써보아야겠다고 생각했습니다. 당신과 함께했던 순간으로 돌아가 한 편 한 편의 시에 짧은 글들을 보태보았습니다. 처음에는 이렇게 아름다운 시들에 저의 글을 덧붙이는 일이 몹시 부끄러웠습니다. 혹시 제가 덧붙인 글 때문에 보석처럼 빛나는 시의 아름다움이 바래는 건 아닌지 걱정되고 겁도 났습니다. 그래도 용기를 내어 마음을 더듬어 가며 한 줄 한 줄 솔직하게 써보았습니다.

이 책을 쓰는 동안, 저는 내내 행복했습니다. 한 편 한 편 써 내려가면서 제 삶의 가장 아름다웠던 순간으로 돌아갈 수 있었으니까요. 당신이 기적처럼 제 삶에 나타나 가만한 자리를 만들고 당신에게 제가 얼마나 필요한 사람인지 말해준 그 순간 말이에요.

사랑하는 사람이 / 내게 말했다 / 네가 필요하다고 //
그래서 나는 / 주위를 살펴보며 / 길을 걷는다
빗방울 하나까지 두려워하면서 / 죽지 않으려고 조심한다

　　　　　　－ 베르톨트 브레히트, 「아침저녁으로 읽기 위해」

이 책에 실은 브레히트의 시를 읽으면서 저는 당신이 저를 소
중히 해주었던 기억이 어제 일처럼 생생하게 떠올랐습니다.
그러면서 깨달았죠. 당신은 제게 누군가를 사랑하는 마음을
가르쳐주기도 했지만, 제가 제 자신을 아끼고 사랑할 수 있는
마음을 가르쳐주기도 했다는 걸. 누구에게도 필요하지 않을
것 같던 제가, 어떤 세상도 받아주지 않을 것 같던 제가, 활짝
웃기도 하고 누군가에게 사랑을 나누어줄 여유도 조금 생기
다니…… 이 모든 게 당신이 만든 기적이라는 걸 알았어요.

당신은 지금 제게서 아주 멀리 있지만 제가 당신을 사랑하고
당신이 저를 사랑한 그때의 기억은 조금도 빛바래지 않았습

니다. 저는 그때 당신에게 배운 사랑으로 누군가를 사랑하고,
저를 아끼며 살아가요.

제게 사랑을 가르쳐주어서 고맙습니다. 당신이 아니었으면
영원히 몰랐을 마음을 제 안에 꽃피워주어서 정말 감사합니
다. 당신이 계신 곳에서도 제 말을 들을 수 있을지 모르겠지
만, 이 말을 꼭 전하고 싶어요.

당신의 사랑이 제게 준
말로 다 할 수 없는 따뜻함과 부드러움,
사람과 사람의 마음이 처음부터 끝까지 다 통하는 것 같았던
그 느낌을 잊지 않고 잘 간직할게요.
이 세상에 태어나서 당신을 만날 수 있어서 참 좋았어요.
정말 정말 기뻤어요.

당신과 함께 있던 바다에서
서동빈

차례 ————

들어가는 글

당신을 만나서 정말 기뻤어요 ——— 5

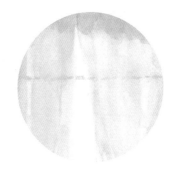

나가는 글

나의 가장 소중한 사람에게

추억
하나
—

지평선

가만히 눈을 감고서 너를 기다리는 일을 좋아했어. 그건 내가 아는 가장 큰 기쁨이 사방에서 다가오길 기다리는 일이었지.

한적한 공원의 벤치에 앉아 눈을 감고 너를 기다리고 있으면 내 볼에 닿는 바람도, 나뭇잎이 흔들리는 소리도, 싱그러운 꽃 향기도 모두 너를 닮아가곤 했어. 그렇게 나를 둘러싼 모든 것들이 하나하나 너로 물들어가는 동안, 너는 살그머니 다가 와 내 어깨를 두드렸지. 애써 두근거림을 감추며 눈을 뜨면 내 앞에는 한 사람이 서 있는 게 아니라, 한 세상이 펼쳐져 있 는 것 같았어. 반짝이는 네 눈동자가 지구보다 몇 배는 더 아 름답다는 생각도 들었지.

그날도 나는 벤치에 앉아 눈을 감고서 너를 기다리고 있었어. 약속 시간에 조금 늦은 너는 내 어깨를 두드리는 대신, 말없 이 내 옆에 앉아 내가 눈을 뜰 때까지 기다렸지. 아마 너는 내 가 너를 기다리다가 잠이 들었다고 생각했나 봐. 나는 네가 옆에 앉아 있는 걸 알면서도 너의 조용한 기다림이 너무 고마 워서 한참이나 눈을 감고 있었지. 눈을 감고서도 다 알 수 있

었어. 공놀이를 하던 아이들의 공이 우리 쪽으로 굴러오자 네
가 일어나서 공을 차준 일도. 네가 찼던 공이 엉뚱한 곳으로
굴러가서 네가 잠깐 자리를 떴던 일도. 공을 주우러 걸어가던
네 발소리가 어찌나 귀엽던지. 나는 눈을 감은 채로 계속 배
시시 웃었지.

"뭐가 좋아서 그렇게 웃어?"

네가 자리에 돌아와 얄밉다는 말투로 물었어.
나는 눈을 감고서 가만히 속으로 대답했어.

'눈을 뜨면 온 세상이 전부 너라서.'

지평선

막스 자코브

너의 하얀 두 팔이
내 지평선의 전부였다

추억
둘
─

최초의 정감

"미안한데 도서관 자리 좀 맡아줄 수 있어?"

중간고사가 며칠 남지 않았던 날이었어. 수업을 마치고 혼자
서 도서관에 가는데 네게서 메시지가 왔지. 생각지도 못 했던
문자에 나는 너무 기뻤어. 꽤 오래전부터 남몰래 맘속으로 너
를 좋아하고 있었으니까. 나는 몇 번이나 바지 주머니에서 핸
드폰을 꺼내 네게서 온 메시지를 확인하며 즐거운 마음으로
도서관으로 향했지.

시험 기간이라 도서관은 학생들로 가득 차 있었어. 여기저기
둘러보아도 좀처럼 빈자리가 보이지 않았어. 평소였더라면
한쪽에서 느긋하게 자리가 나기를 기다렸을 텐데, 그날은 자
꾸 조급해져서 정신없이 도서관을 돌아다녔어. 다들 얼마나
열심히 공부를 하던지. 저녁 시간이 되어서야 겨우 가방을 메
고 자리를 뜨는 두 학생을 보았지.

그리고 얼마 지나지 않아 네가 도서관에 도착했어. 너는 눈웃
음으로 고맙다는 말을 대신하고 내 옆자리에 앉았지. 너랑 같

이 공부하면 공부가 훨씬 더 잘될 줄 알았는데…… 막상 네가 옆에 있으니까 갑자기 머릿속이 하얘져서 아무것도 못 하겠더라.

네가 내 옆에
앉아 있는 것만으로도
너무 설레었으니까.

나는 두근대는 마음을 감추고 열심히 공부하는 척했어. 네가 바스락거리며 책장을 넘기는 소리가 너무 예뻐서 내일도 네가 같은 부탁을 해주었으면 정말 좋겠다고 생각하면서.

그리고 어느덧 도서관도 문을 닫을 시간이 됐지. 주섬주섬 가방을 챙기는 네 모습을 보니 아쉬움이 막 밀려왔어. 하지만 그런 아쉬움은 아주 잠깐뿐이었지. 도서관을 나서는데 네가 수줍게 웃으며 내게 말했어.

"내일은 내가 자리 맡을게."

최초의 정감

이요랑드 카산

너무나 바보같이

정신없이

멍하게 먼 곳을 보고 기다리고 있었기에

그가 엄청 큰 몸으로 다가와서

그녀 옆에 앉았을 때

그녀는 무서웠다

하지만 그는 많은 선물을 줬다

푸른 수평선 저편에서 가져온 머나먼 눈길

순진하고 유쾌한 손의 따뜻함

그 입술 그 몸짓

살며시 스치는 미소

그래서 단 한 번에 정신이 나가서

그녀는 그를 사랑해버렸다

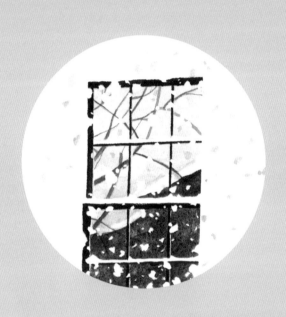

눈 오기 전에

누군가를 "뜨겁게 사랑했다"라고 사람들이 말하면 나는 그
말이 모두 거짓말이거나 과장하는 말인 줄 알았어. 마음에 드
는 누군가를 만나도 기껏해야 나는 얼굴이 살짝 달아오르거
나 잠깐 가슴이 뛰는 게 전부였으니까. 그래서 나는 이른 여
름날, 옷장 깊숙이 넣어두었던 여름옷들을 하나둘 꺼낼 때 느
꼈던 가벼운 설렘을 사랑이라고 생각했어. 차곡차곡 포개져
있던 옷들을 펼칠 때 옷에서 배어나는 향기와 옷걸이에 걸어
두려고 옷을 집어 올릴 때 전해지는 촉감처럼 가볍고 경쾌한
것들을 사랑이라고 믿었어.

그런데 널 만난 후로는 내 생각이 많이 달라졌어. 널 떠올리
면 내 가슴에 식초처럼 뜨거운 무언가가 한 방울씩 떨어져 내
리는 것 같아. 널 처음 봤을 때 나도 모르게 툭, 하고 떨어졌던
그 물방울이 요새는 고장 난 수도꼭지에서 물이 새듯 뚝, 뚝,
뚝 계속 떨어져 내려. 아무리 마음을 다잡아봐도 멈춰지지가
않아. 내 머릿속에 맺힌 네 생각들이 그렇게 방울져 떨어져
내리나 봐.

너를 처음 만난 겨울, 사람들은 십 년 만에 찾아온 한파라며 두꺼운 외투를 장만하고 추위를 걱정하지만 나는 네 생각에 추운 것도 모르고 지내. 오늘처럼 네 생각으로 잠 못 드는 밤에는 창문을 열어 놓고 애써 찬바람을 맞아가며 마음을 진정시키기도 하고.

창밖에는 눈이 많이 내린다. 밤새 그칠 줄 모르는 네 생각처럼 오늘 밤에는 저 눈도 그칠 생각이 없나 봐. 많이 보고 싶다. 너와 함께 손을 잡고 조심조심 눈길을 걷고 싶어. 차가워진 네 손을 따뜻하게 잡아주고 싶어.

우리가 손을 잡을 때, 너도 나처럼
기쁜 마음이었으면 정말 좋겠다.

널 보고 싶은 내 마음이 내리는 눈에 닿아 차가운 눈도 따뜻하게 내리는 것 같아. 네가 곤히 잠든 이 밤, 거리에는 따뜻한 눈이 녹지도 않고 하얗게 쌓여만 가고 있어.

눈 오기 전에

오직 한 생각

너 보고 싶어서

식초처럼 뜨거운 것이

가슴 깊이 지나갈 때가 있지

눈 온다, 외치는 소리 들리면

벌써 하얗게 변해버린 지붕 위

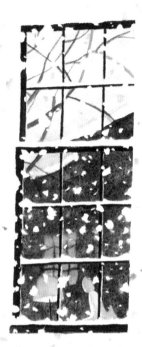

추억
넷
——

표정

이제는 부끄러워하지 않고 너랑 눈을 마주칠 수 있어.

향긋한 커피와 달콤한 케이크를 사이에 두고 마주 앉아 네 눈
을 바라보며 얘기하는 지금도 하나도 안 어색해. 이대로 네가
좋아하는 자이언티의 노래가 카페에서 흘러나오면 노래가 끝
날 때까지 아무 말도 없이 네 눈만 똑바로 바라볼 수도 있어.
그만큼 네가 편하고 좋아. 널 바라보고만 있어도 행복해. 너는
모르겠지만, 나 사실 너랑 키스할 때 가끔 눈을 뜨고 네 감은
눈과 긴 속눈썹을 몰래 훔쳐보기도 해. 입을 맞출 때마다 떨
리는 네 속눈썹이 내 가슴을 간질여서 내 마음도 얼마나 떨리
는지 몰라.

부끄럼도 많고 어색한 걸 싫어해서
좀처럼 사람들이랑 눈도 마주치지 못했던 나였었는데.

우리가 처음 만났던 때 기억나? 방송반 실습 때. 지각한 내가
조용히 뒷문을 열자 캄캄한 실습실 앞쪽에 네가 해맑게 웃으
며 서 있었지. 여러 가지 카메라 앵글을 배우는 시간이었는데,

네가 자진해서 손을 들고 모델이 된 것 같았어. 나였으면 아무리 좋은 점수를 줘도 너처럼 당당하게 카메라 앞에 서지 못했을 텐데. 선생님이 카메라의 줌 버튼을 누를수록 하얀 스크린이 네 모습으로 가득 채워져 갔지.

결국 스크린에는
활짝 웃는 네 얼굴만 덩그러니 남았어.

어두컴컴한 실습실 안에서 네 커다란 눈이 어찌나 반짝거리던지. 우주에서 지구를 바라보면 이렇게 아름답겠구나 생각했어. 그렇게 스크린에 비친 네 눈을 바라보다가 갑자기 나도 모르게 얼굴이 빨개지고 말았어. 네가 나를 직접 쳐다보는 것도 아닌데, 누구에게 내 속마음을 들킨 것도 아닌데. 나는 어쩔 줄을 몰라서 고개를 돌리고 애써 다른 곳을 쳐다보았지.

아마 그때부터 너를 좋아하기 시작했나 봐.

표정

봄에 스테판이 내게 키스했어
가을엔 로빈이
하지만 콜린은 나를 바라보기만 할 뿐
한 번도 입을 맞추지 않았어

스테판의 키스는 농담으로 사라지고
로빈의 키스도 가볍게 떠났는데
콜린이 눈으로 한 그 키스는
밤낮으로 나를 괴롭혀

추억
다섯
___

아무도 눈치 못 채게

아무리 꼭꼭 숨겨봐도 다 티가 나나 봐.

사람들이 하나같이 날 보고 얼굴이 환해졌대. 아침밥을 드시던 할머니가 나 보고 간밤에 무슨 좋은 꿈을 꿨길래 아침부터 그렇게 히죽히죽 웃냐고 물어보셨어. 무뚝뚝했던 친구도 언제부턴가 날 보면 다정하게 인사를 건네. 매일같이 잔소리만 하던 엄마도 요새는 무슨 좋은 일 생겼냐며 나도 좀 같이 재미있자고 너스레 떨며 물어봐.

새로 화장품을 바꾼 것도 아니고 특별히 좋은 꿈을 꾼 것도 아니야. 그냥 너를 생각하면 길을 걷다가도 자연스레 웃게 되고 기운이 나. 단지 너 하나 알게 됐을 뿐인데, 사람들 눈에는 내가 완전히 다른 사람처럼 보이나 봐.

아까는 친한 친구 하나가 내게 와서 "너 좋아하는 사람 생겼지?"라고 물어봤어. 내가 대답 대신 가만히 웃기만 하니까 나보고 얼굴에 다 쓰여 있대. 내가 웃고 다니는 모습이 하도 밝아 보여서 나를 보면 자기도 덩달아 기분이 좋아진대. 얼마나 좋은 사람이길래 그렇게 신이 났냐며 놀리듯이 계속 캐묻기까지 하더라. 끝까지 네 얘기를 얼버무려서 친구에게 볼멘소리도 들었지만, 그래도 내 얼굴만 봐도 네가 얼마나 좋은 사람인지 티가 나서 괜히 뿌듯했어.

너를 좋아한다고
아직 아무에게도 말하지 않았는데.
사람들이 벌써 다 알고 있는 것 같아.

사실 너만 몰라.

아무도 눈치 못 채게

아무도 눈치 못 채게 내 마음 숨겼건만
무슨 생각을 그리합니까 사람들이 물어보네

부드러운 살결

며칠 전에는 영화 얘기만 하더니 오늘은 온통 음식 얘기네. 봄에는 소라가 맛있고, 강릉에 가면 감자옹심이를 먹어야 하고, 파스타를 만들 때는 오일이 가장 중요하고. 너는 신나서 음식 얘기를 하느라 내게 말할 틈도 안 줘. 그래도 나는 무엇에 흠뻑 빠져 있는 네가 좋아. 하나에 빠지면 열정적으로 파고드는 네 모습이 매력 있어. 네가 들려주는 생소한 이야기들도 모두 재미있고. 다음에는 또 어떤 얘기들을 들려줄까 궁금하기도 해.

네가 들려주는 얘기라면 어떤 얘기라도 다 고개를 끄덕이고 웃는 나야. 네가 즐겁게 재잘대는 모습을 보면 나도 덩달아 기쁘고 즐거우니까.

그런데 한 번쯤은 네가 꼭 들려주었으면 하는 얘기가 있어. 그건 바로 우리 사이에 대한 얘기. 네가 이런저런 것들에 푹 빠져 있을 때도 나는 늘 너만 바라보고 있는데. 나처럼은 아니더라도, 네가 조금이라도 내게 관심을 가졌으면 좋겠어. 내가 어떤 영화를 좋아하고, 무슨 음식을 잘 먹는지 너는 하나도 안

궁금해? 정말 나에게 아무런 마음도 없어? 아니면 너도 나를
좋아하는데 부끄러워서 계속 다른 얘기만 꺼내는 거야?

넌 또 모르는 척 어제 먹은 빵 얘기만 하네.
너 때문에 티셔츠도 새로 샀는데,
네가 좋다고 추천해준 영화들도 다 챙겨 보고 있는데.

한 번쯤은 나도 좀 바라봐.

부드러운 살결

요사노 아키코

부드러운 살결, 뜨거운 피 쳐다보지도 않고
먼 산만 보십니까? 얄미운 그대여

추억
일곱
—

교동
教童

내 마음을 다 알면서도 모르는 척, 시치미를 뚝 떼고 나를 대하는 네가 얄미워 죽겠어. 나랑 눈도 한 번 제대로 맞추지도 않고……. 내가 널 얼마나 좋아하는지 너도 잘 알잖아. 꼭 하나하나 다 말해야지 아는 거야? 너 때문에 나는 아무것도 못하겠는데. 애써 숟가락을 들어봐도 밥도 잘 안 넘어가고 억지로 불을 끄고 잠을 청해봐도 잠도 잘 안 와. 혹시나 잠이 올까봐 불을 켜고 머리맡에 책을 펼쳐봐도 계속 네가 떠올라서 방금 읽은 것도 까먹고 같은 문장만 몇 번씩 다시 읽어.

그래도 네 앞에서는 아무런 일도 없는 것처럼 항상 덤덤하게 행동했는데. 둘이서 나란히 걷다가 은근슬쩍 네가 걸음을 늦춰 뒤로 쳐져 걸을 때에도, 어색한 끝인사를 건네고 네가 종종걸음으로 서둘러 집으로 돌아갈 때에도, 나는 아무렇지도 않게 늘 바보처럼 웃기만 했는데. 아무리 얄미운 너라도, 그렇게라도 널 보고 있으면 그 순간만큼은 네가 한없이 고맙고 소중한 사람처럼 느껴지니까.

너는 내가 정말 안중에도 없는 걸까? 아니면 내가 내 마음을 에둘러서만 표현해서 그게 못 미더운 걸까? 어쩌면 네 눈에는 좋아한다는 말도 없이, 그저 네 주위를 빙빙 돌며 좋아하는 티만 내는 내가 오히려 얄밉게 보일 수도 있겠다. 내일은 내가 널 얼마나 좋아하는지 네게 말할 거야. 그러니까 너 내일 아무것도 몰랐다는 듯이 당황해하지 마. 놀란 네 표정을 보면 네가 다시 얄미워져서 또 아무것도 못 할지도 모르니까.

아니, 네가 아무리 얄밉더라도

내일은 기운을 내서
내 마음을
남김없이 다 고백해야겠다.

오늘 밤엔 입맛이 없어도 밥을 든든하게 먹을 거야.
잠이 오지 않아도 잠을 푹 잘 거야.

교동(教童)

시경

저 얄미운 놈이 나랑 말도 안 하네
자기 때문에 나는 밥도 못 먹는데

저 얄미운 놈이 나랑 밥도 안 먹네
자기 때문에 나는 잠도 못 자는데

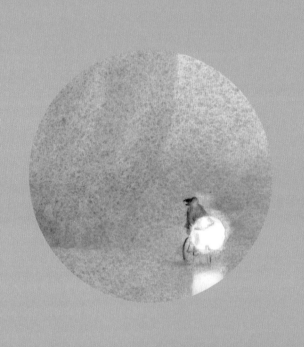

추억
여덟
――――

내 마음 알면서

자전거 대여소 앞에서 너도 자전거 잘 탄다는 말을 듣고 얼마
나 다행이라 생각했는지 몰라. 사실 네가 2인용 자전거 타자
고 하면 어쩌지 하고 걱정했거든. 우리는 초록색과 분홍색 자
전거에 따로 올라타서 벚꽃축제가 한창인 보문호수를 한 바
퀴 돌았지. 너 생각했던 것보다 자전거 훨씬 잘 타더라. 활짝
핀 벚꽃들과 호수에 반사된 벚꽃들이 누가 더 예쁜지 내기라
도 하는 것 같은 봄날이었어. 바람에 흔들리는 벚꽃들과 물결
에 흔들리는 벚꽃들이 어우러진 아름다운 풍경이 우리 눈앞
에 펼쳐졌어. 페달을 밟을 때마다 얼굴에 와서 부딪히는 봄바
람도 너무 시원했고.

2인용 자전거를 타고서 뽐내듯이 호수 주위를 쌩쌩 달리는
연인들도 많았지. 힘든 기색도 없이 열심히 페달을 밟는 남자
들을 보다가 너는 내게 한심하다는 듯이 핀잔을 줬어. 성격도
느릿느릿하더니 자전거는 더 느리게 탄다면서. 네가 핸들에
서 한 손을 떼고 뒤돌아볼 때마다 비틀거리는 자전거가 조금
불안했지만 그래도 그렇게 나를 놀리는 네 모습조차 너무 사
랑스러웠어. 살짝 비틀거리는 네 분홍색 자전거가 바람에 흔

들리는 벚꽃 같아서 내 마음 가득 봄바람이 일렁이는 것 같았거든. 이렇게 화창한 봄날, 네가 나와 함께 있어줘서 고맙다고 몇 번이나 속으로 말했는지 몰라.

꿈만 같은 날들이
그저 하룻밤 꿈으로
끝나지 않게 해줘서 정말 고맙다.

그런데 너 정말 내가 일부러 늦게 달린 거 눈치 못 챘어? 혹시라도 네가 넘어지면 뒤에서 바로 달려가 널 일으켜주려고. 그리고 그것보다 더 큰 이유가 하나 더 있었어. 만약 내가 앞에서 달리면 널 맘껏 볼 수 없잖아. 아무리 멋지고 예쁜 풍경이라도 그 안에 네가 없으면 내게는 그냥 관광지에서 파는 시시한 그림엽서 같으니까. 따뜻한 봄볕으로 눈부시게 빛나는 호수도, 호숫가를 따라 곱게 핀 벚꽃들도 모두 아름다웠지만 내 눈에는 자전거를 타고 달리는 네가 제일 예뻐 보였어. 물론, 너는 자전거에서 내려 다리 아프다며 다음에는 2인용 자전거 타자고 투정을 부렸지만 말이야.

내 마음 알면서

아이다에게 자전거를 가르쳐 줬던 그 밤,
자전거가 비틀거릴 때마다
나는 아이다에게 달려갔어요.
똑바로 타는 법을 알려주려고.
아이다가 탄 자전거는 몇 번이나
내 지친 발을 짓누르고 지나갔어요.

지금 아이다는 자전거를 타고 우아하게
거리를 쌩쌩 내달리고 있어요.
나는 시간이 가는 줄도 모르고
멍하니 앉아 아름다운 그녀를 바라봐요.
아이다는 내 마음 알면서
내 가슴을 짓누르고 지나가 버리네요.

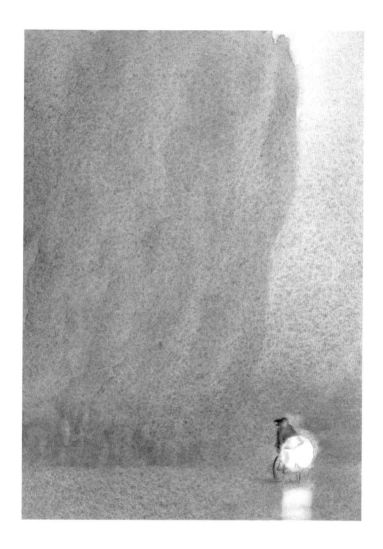

추억
아홉
———

편지

보고 싶다.

어떤 말로 시작해야 할지 몰라서 머릿속에 가장 먼저 떠오르는 말을 적었어. 평소에도 말수가 적어서 항상 너에게 미안했는데 막상 이렇게 편지를 쓰려 하니까 아무 생각이 안 나. 삐뚤빼뚤한 내 글씨만 도드라져 보이고. 내가 눌러쓴 한 글자 한 글자가 모두 네게 작은 기쁨이 되었으면 좋겠는데.

내 욕심이 너무 큰 걸까? 정작 쓰려는 편지는 제대로 못 쓰고 괜히 애꿎은 글씨체만 탓하면서 멍하니 앉아 있어. 내 서툰 글씨가 예쁜 널 반의반만이라도 닮았더라면, 이렇게 쓸데없는 걱정에 마음을 뺏기는 일도 없었을 텐데. 나 참 바보 같다. 밤새도록 너만 생각했는데도 고작 보고 싶다는 말 한마디가 전부니까.

그래도 어찌겠어?
이렇게나 많이 네가 보고 싶은걸.

지금 창밖에 보이는 나무가 너라면 좋겠어. 창문 너머에서 불어오는 상쾌한 봄바람도 너라면 좋겠어. 새하얀 편지지가, 내 손에 들려 있는 볼펜이, 내가 쓴 삐뚤삐뚤한 글씨가 전부 너라면 좋겠어. 나를 둘러싼 주변 모든 것들이 온통 너로 이루어져 있기를. 아무렇게나 손을 뻗쳐도 네가 닿아서 이렇게 밤을 새우며 보고 싶다고만 편지 쓰는 일이 없도록 말이야.

너 때문에 간밤에 한숨도 못 잤지만, 그래도 고마워. 피곤한 것도 잊고 밤새 너만 생각하게 해줘서. 투명한 아침 공기처럼 널 향한 내 마음을 속속들이 알게 해줘서. 하룻밤 사이 창밖에 나무에는 꽃들이 눈에 띄게 많이 폈어. 가지 끝에 매달린 꽃들이 전부 내 마음 같아서 유독 네가 더 보고 싶은 아침이야. 좋은 하루 보내기를 바라. 네가 내 맘속에 심어놓은 나무는 오늘도 너를 향해서만 가지를 뻗고 있어.

편지

제나

새벽이 왔습니다.
어젯밤에도 잠들지 않고
당신을 생각했습니다.
창문 밖에는 뿌리까지 내보이는
투명한 나무 한 그루.
공기 속에 가라앉아 있던 빛의 알갱이들이
하나씩 천천히 떠오릅니다.
내 눈 속의 창문을 조용히 엽니다.
파드득 날개를 터는 새 한 마리.
당신을 향한 가지 끝으로
또다시 열리는 길.

추억
열
—

모든 것을 다 보여주는 사랑

종일 도서관에서 책만 읽었더니 피곤해 죽겠다며
눈가에 붙어 있는 눈곱을 떼어 내는 네가 좋아.

저녁을 먹으러 들어간 식당에서 끝까지
테이블이 편하다고 우기다가 어쩔 수 없이 구두를 벗으며
구멍 난 스타킹을 감추는 네가 좋아.

내가 모자 쓰고 있다는 사실도 잊고, 헤어지는 길에
갑자기 입을 맞추려다가 모자챙에 이마를 부딪치는 네가 좋아.

그렇게 아픈 이마에 손을 올린 채로 민망해하면서
인사 한마디 없이 뒤돌아서 집으로 뛰어가는 네가 좋아.

꼭 좋은 모습만 보여주려고
애쓰지 않아도 돼.

남들이 놀리거나 흉보는 네 모습들도
내 눈에는 한없이 소중하고 예쁘게만 보이는걸.
내게는 편하게 너를 다 보여줘도 괜찮아.
애써 신경 쓰거나 노력하지 않아도 돼.

                              넌 이미 내게
                    충분히 사랑스러운 사람이니까.

모든 것을 다 보여주는 사랑

에드나 세인트 빈센트 밀레이

모든 것을 다 보여주는 사랑, 그것밖에 없어요.

꾸미지 않고, 숨기지 않고, 상처 주지 않는 사랑

모자에 앵초꽃을 담아 불쑥 내밀 듯

치마 가득 사과를 담아주듯

나 당신에게 드려요.

아이들처럼 큰 소리로 당신을 불러서

"이것 좀 보세요! 이게 전부 당신 거예요!"

규방의 그리움 - 봄

閨 思

봄기운이 감돌면 가장 먼저 네가 떠올라.

그날은 아직 찬 기운이 남아 있던 이른 봄날이었어. 쌀쌀한
바닷바람 때문에 내 겉옷을 벗어 너에게 건넸던 기억이 나니
까. 아침 일찍 만나서 내가 강릉행 고속버스 표를 내미니까
깜짝 놀라던 네 얼굴도 기억난다. 너는 상상도 못 했겠지? 바
다 보고 싶다는 네 얘기에 다음날 내가 바로 바다에 가자고
할 줄은. 당황스러워만 하던 네 표정도 버스 안에서 먹을 군
것질거리를 사는 동안 점차 밝아졌어. 서로 마지막으로 가보
았던 바다에 대한 얘기를 나누면서 조금씩 들뜨기 시작한 우
리는 출발 시간이 되자 아주 오래전부터 기다렸던 여행을 떠
나는 것처럼 신이 나서 버스에 올랐지.

강릉 터미널에 내려서 우리는 무작정 택시를 잡아타고 기사
님께 가장 가까운 바닷가로 가달라고 했어. 버스 안에서는 끊
임없이 떠들었던 우리가 택시에 타서는 조용히 차창만 쳐다
보았지. 그렇게 안목해변에 도착해서도 우리는 백사장에 서
서 한동안 말없이 바다를 바라보았어. 파도가 밀려와서 자기

들이 써놓은 이름들을 지워버려도 마냥 행복해하는 연인들과 아장아장하는 아이의 손을 잡고 나란히 발을 맞춰서 걷는 가족들. 맞다. 꽃샘추위에도 아랑곳없이 웃통을 벗고서 바닷물에 뛰어드는 고등학생들도 있었어.

그네처럼 흔들리는 벤치에 앉아 너와 함께 들었던 파도 소리는 유독 크고 시원했지. 자판기에서 뽑은 커피를 들고 우리는 백사장을 가로질러 방파제까지 걸어갔어. 방파제 끝에 서 있던 빨간 등대 기억나? 연인들이 남긴 낙서가 빼곡하게 적혀 있던 등대 말이야. 등대 앞에 서서 낙서들을 하나하나 읽다가 여기까지 왔으니 우리도 서로에게 한마디씩 적자고 내가 말했지. 한참을 고민해서 쓴 것 같은데, 내가 그 빨간 등대에 뭐라고 썼는지는 기억이 안 나. 그런데 네가 쓴 한마디는 아직도 잊히지 않는다. 또박또박 눌러쓴 글씨로 너는 이렇게 적었어.

'이런 날이 또 올까?'

규방의 그리움(閨思) - 봄

장경경

호수는 거울처럼 맑고
복사꽃은 비단처럼 곱게 피었는데
손님들이 불러낼까 두려워서
비단 휘장에 기대 꾀병만 부렸어요
꼼짝도 않고 당신만 기다렸어요
꼼짝도 않고 당신만 기다렸어요
잘생기고 어깨도 널찍한 당신
노래도 잘하고 춤도 잘 추는 당신
당신과 함께라면
복사꽃 아래서 보내는 반나절이
한평생 사는 것보다 낫겠어요

추억

열둘

———

내가 만든 꽃다발

"좀 자연스럽게 웃어 봐."

벚나무 아래서 쑥스럽게 웃고 있는 네게 내가 말했어. 이리저
리 카메라를 들이대는 내가 부담스러웠는지 너는 점점 더 어
색한 웃음을 지었지. 활짝 핀 벚꽃처럼 예쁜 네 미소를 사진
으로 꼭 남기고 싶었는데. 사진 속의 네가 내 생각처럼 예쁘
게 나오지 않아서 속상했어. 다음 주말엔 이 꽃들도 지거나
떨어져버릴 테고.

"우리 내년에도 같이 오자."

찍은 사진들을 훑어보며 아쉬워하는 내게 네가 말했어. 그 다
정한 한마디가 기뻐서 나는 미련도 없이 카메라를 가방에 넣
었어. 예쁜 사진을 남기기에만 급급했던 내가 부끄러웠어. 우
리는 손을 잡고 벚나무가 줄지어 선 강가를 걸었지. 바람에
날려 떨어진 벚꽃 잎들을 사뿐사뿐 밟으며 벚꽃보다 더 예쁜
네가 미소를 지었어.

좋아하는 마음도, 흐드러지게 핀 벚꽃도 모두 한때뿐이고 시
간이 지나면 다 시들어버린다지만,

우리 사랑은
매년 다시 피어나는
봄꽃 같았으면 좋겠다.

내가 만든 꽃다발

피에르 드 롱사르

활짝 핀 꽃 꺾어서 꽃다발을 드려요
오늘 밤 꺾지 않으면
내일이면 시들 꽃들
그대 이 꽃 보고 느끼겠지요
아름다움은 머지않아 시들어버리고
꽃처럼 한순간에 사라진다는 걸

그대여 세월은 가요
세월은 가요
아니 세월이 아니라 우리가 가요
그리고 이내 모두 사라져요
우리가 지금 속삭이는 이 사랑도
죽고 나면 아무것도 아니랍니다

나에게 사랑을 줘요
우리가 살아 있는 이 아름다운 시간에

그대 위해서라면

바닥에 가라앉은 수많은 동전들이 물비늘처럼 반짝거리던 연
못이었어. 우리는 돌다리를 건너다 말고 난간에 기대서서 사
람들이 연못 한가운데 돌 항아리에 동전을 던지는 걸 지켜봤
지. 사람들이 던진 동전이 항아리 모서리에 맞고 튕겨 나오면
우리도 아쉬워서 아아 하고 탄식도 내뱉으면서 말이야. 한 할
머니가 던진 동전이 항아리에 쏙 들어갔을 때는 우리가 더 신
이 나서 크게 소리를 질렀지. 아마 그런 우리 모습이 꽤나 예
뻐 보였나 봐. 아저씨 한 분이 우리에게 젊은이들이 왜 구경
만 하냐면서 백 원짜리 동전 두 개를 건넸어. 우리는 아저씨
께 감사하다고 인사를 하고 덥석 동전을 받았지.

동전을 쥐고 어떤 소원을 빌면 좋을까 고민하는 동안에도 연
못에는 사람들이 던진 동전들이 계속 가라앉고 있었어. 옆에
서는 벌써 소원을 정했는지 네가 팔을 앞뒤로 흔들면서 동전
을 던지는 시늉을 하고 있었지. 나는 속으로 지금처럼 너와
행복하게 오래오래 지낼 수 있게 해달라고 소원을 빌고 동전
을 던졌어. 사람 마음이라는 게 참 간사하지. 전에는 단 하루
라도 좋으니까 너랑 함께할 수 있게만 해달라고 기도했는데.

내가 가진 것들을 전부 주어도 좋으니까 네가 나를 바라봐주기를 바랐는데. 간절했던 소원이 이루어졌는데도, 네 옆에서 또 새로운 소원을 빌고 있는 내 모습이 조금 우습기도 했어.

우리가 던진 동전은 항아리 근처에도 가지 못하고 물밑으로 가라앉았지. 그래도 우리는 둘 다 아쉽다는 표정을 짓지 않았어. 오히려 우리에게 동전을 건네준 아저씨가 아쉬워하는 얼굴이었지. 우리는 천천히 가라앉는 동전을 바라보다가 고개를 돌려 서로 마주 보고 살며시 웃었어. 한없이 다정한 네 눈빛을 보며 나는 내가 동전을 쥐고서 빌었던 소원이 이루어지겠구나 하고 예감했지. 사랑하는 사람과 함께하는 1분 1초가 얼마나 행복하고 소중한 시간인지 깨닫게 해줘서 고마워. 언제까지나 이렇게 좋은 날들을 너와 함께하고 싶다. 셀 수 없이 많은 날들이 지나간다 해도 내 마음은 변하지 않아.

너는 이 세상에서 가장 소중한 사람.

그대 위해서라면

그대 위해서라면
아깝지 않은 목숨인데
오래 살고 싶어지네
그대 만난 뒤부터

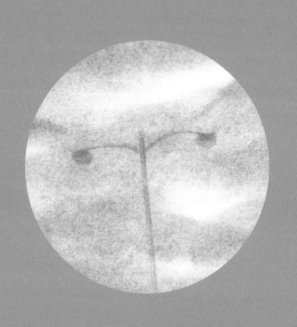

추억
열넷

—

아침저녁으로 읽기 위해

일기예보에는 비 소식이 없었는데. 너와 맛있게 파스타를 먹고 식당을 나올 때쯤 갑자기 비가 쏟아졌어. 난감한 마음보다는 반가운 마음이 더 컸지. 너는 빗소리를 좋아하고 나는 비냄새를 좋아하니까. 우리는 가까운 공원을 산책하기로 하고 편의점에 들러서 비닐우산을 하나 샀어. 둘이 쓰기에는 조금 작은 크기였지만, 그래도 그만큼 너와 꼭 붙어 다닐 수 있겠다 싶어서 나는 망설임 없이 우산을 하나만 집어 들었지.

갑작스러운 비 때문인지 공원은 아주 한산했어. 사람들을 한 명도 마주치지 않아서 공원을 통째로 빌린 것 같은 기분도 들었지. 비가 내려서 제법 쌀쌀했던 날씨였지만 서로의 팔이 맞닿은 우산 속은 기분 좋게 따뜻했어. 우리는 팔짱을 끼고서 천천히 공원을 한 바퀴 돌았지. 잠깐 지나가는 비인 줄만 알았는데, 시간이 지날수록 빗방울은 점점 더 굵어졌어. 공원을 빠져나갈 때쯤엔 바람까지 거세게 불었지. 나는 네가 비에 젖지 않도록 우산을 살짝 네 쪽으로 기울이고 걸었어.

"너 왜 그렇게 많이 젖었어?" 카페에서 커피가 나오기를 기다리는 동안 네가 내 어깨를 보며 물었어. 나는 네가 비에 젖을까 봐 그랬다고 덤덤하게 대답했지. 속으로는 네가 칭찬해주겠지 하고 은근히 기대하면서 말이야. 하지만 너는 고맙다는 말 대신 내게 다음부터는 절대로 그러지 말라고 따끔하게 충고했어. 조금 화나 보이기까지 하는 네 표정이 당황스러워서 나는 그저 알았다고만 했지. 커피를 마시면서도 내가 무슨 실수를 했지? 하고 곰곰이 생각해보았지만, 도무지 답을 찾을 수 없었어.

카페를 나와서 내가 우산을 펴자 넌 우산을 빼앗아 들었어. 그리고 내 쪽으로 팔을 쭉 뻗어 우산을 기울이고 걸었지.

너와 함께 쓴 우산 속에서 깨달았어.
내가 네게 얼마나 소중한 사람인지.

네 젖은 어깨가
널 대신해서 쉬지 않고 내게 말해주었어.

아침저녁으로 읽기 위해

베르톨트 브레히트

사랑하는 사람이
내게 말했다
네가 필요하다고

그래서 나는
주위를 살펴보며
길을 걷는다
빗방울 하나까지 두려워하면서
죽지 않으려고 조심한다

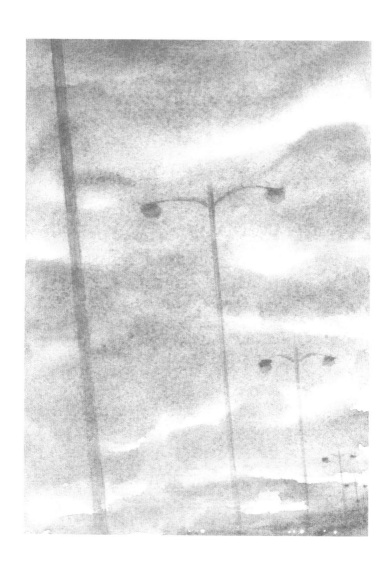

추억
열다섯
―――――

꽃비

오늘은 네가 내 앞에서 처음으로 눈물을 보였어.

언제나 티 없이 맑게 웃던 너였는데. 오늘은 어쩐 일이지 나를 보자마자 왈칵하고 눈물을 쏟았어. 놀란 내가 무슨 일이냐고 물었지만 너는 아무런 대답도 하지 않고 계속 서럽게 울기만 했지. 며칠 전부터 가족 문제로 힘든 기색을 내비쳐서 어렴풋이 짐작은 했지만, 막상 거리 한복판에서 그렇게 우는 널 보니 너무 당황스러워서 어찌해야 할지 몰랐어. 결국 바보처럼 나까지 울상이 되어서 네게 울지 말란 말만 되풀이했지. 그런 나를 보며 너는 별일 아닌 일로 걱정시켜서 미안하다며 울음을 그치고 어색하게 웃었어.

헤어지고 집에 돌아와 오늘 일을 떠올리는데
네 눈물보다 네가 억지로 지어 보였던 웃음이
더 마음에 걸려.

맑은 날이 있으면 흐린 날도 있는 법인데. 참았던 네 슬픔들이 뭉치고 뭉쳐서 빗방울처럼 눈물로 떨어진 걸 텐데.

아마 네 눈에는 내가 허둥지둥 혼자서 비를 피할 곳을 찾는 사람처럼 보였을 수도 있겠다. 정말 미안해. 너라면 어떤 모습이라도 다 소중하고 예쁘다 했던 나였는데. 다음에 또 오늘 같은 일이 생기면 그때는 네가 편히 울 수 있도록 가만히 어깨를 내어줄게. 내게는 네 웃음만큼 네 눈물도 소중하니까 네가 다 울 때까지 말없이 옆에서 기다려줄게.

힘든 날엔 내 앞에서
맘껏 울어도 돼.

꽃비

그녀를 생각하며

눈을 감았을 때

물빛에 파닥이는 옛집을 보았네

우산을 쓴 푸른 저녁은

가만가만 노래하고

수만 개의 꽃잎이

수면을 더듬으며 강가로 내려오네

곧 돌아온다던 그녀의 속삭임이

귓가에 들려오네

계곡을 끼고 절벽을 돌아

산을 넘네

꽃비 쏟아져 내리는 마당에서

합환화를 담는 그녀가 보이네

후두두

굵은 빗방울이 나를 깨우네

만천화우가 쏟아지는데

그녀에게서 한 걸음도 못 빠져나온

나는

꽃잎들이 밀리고 밀려서 서로 짓밟는 걸 보았네

그녀가

나를 건너는 방식이네

추억
열여섯

두물머리

극장에서 함께 영화를 보다가 나도 모르게 네 손을 잡았어. 영화 속의 연인들이 서로 껴안거나 입을 맞추는 장면도 아니었는데. 특별하지도 않은 장면에서 내가 갑자기 손을 잡아서 너는 깜짝 놀란 것 같았어. 사실 나도 많이 놀랐어. 아무렇지 않은 척하려 했지만 네 손을 잡자마자 가슴이 쿵쾅쿵쾅 뛰었어. 내 심장이 뛰는 소리가 네 귀에까지 들리면 어떡하나 싶을 만큼. 그렇게 손을 잡고 있다가 맞잡은 손을 펼쳐서 깍지를 꼈을 때는 갑자기 무성영화를 틀어놓은 것처럼 극장 안이 조용해져서 아무 소리도 들리지 않았어.

그다음부터는 영화가 하나도 머리에 들어오지 않았어. 영화가 어떻게 끝났는지도 기억이 안 나. 중간중간 억지로 집중해서 스크린을 보면 영화 속의 배우들이 우리를 훔쳐보는 것 같았어. 다음 장면이 궁금해서 눈길을 떼지 못하는 관객들처럼 말이야.

가만히 손을 잡고 있는 것만으로도 우리가 영화의 주인공 같았어. 스크린 위에 아무리 멋지고 아름다운 장면이 펼쳐져도 함께 손을 잡고서 영화를 보고 있는 우리 둘의 모습에 비하면 시시하게 보였으니까.

아무리 작고 사소한 일도 너와 함께하면 특별한 일이 돼.
너를 만나면 어떤 멋진 일이 일어날까 매일매일 설레.

지금 이 설렘을
사랑이라고 불러도 될까?

그래도 된다고 말해줘.

두물머리

지금 너희 두 사람의 가슴이 뛴다

는 사실을 운명이라고 단언할 수는 없다

다만 그날 노을이 너희 두 사람의 그림자를

주홍빛으로 천천히 물들이던 동안

멀고도 높은 곳에서 너희 두 사람을

바라보고 있던 커다란 눈동자가 없었다

고 말할 수는 없다 지금 사랑하는 사람들아

지금 너희들이 사랑이라고 부르고 싶은

그것이 사랑이다 아니라면 우리가

왜 태어났겠느냐 그리고 왜 노을 지는 두물머리에서

만났겠느냐 지금 너희 두 사람의 가슴이 뛴다

는 사실 이외에 이 생애에 덧붙일 것은 없다

115

결론

빵집에서 어떤 빵을 먹을까 고민하다가도 네가 생각나고, 카페 앞에 세워 놓은 화분에 핀 예쁜 꽃의 이름을 떠올리다가도 네가 생각나. 당장 코앞에 닥친 시험을 걱정하다가도 네가 생각나. 그렇게 한 번 네가 생각나기 시작하면 다른 건 아무것도 생각이 안 나. 오직 너만 생각나. 어떤 옷을 입어도 자기 옷처럼 다 잘 어울리는 너. 농담이라도 남에게 상처가 되는 말은 절대로 안 하는 너. 항상 해맑게 웃으며 사람들에게 먼저 인사하는 너. 가끔 내가 엉뚱한 질문을 해도 정성껏 대답해주는 너. 신경 써서 화장하고 나온 날도, 편하게 맨얼굴로 나온 날도 한결같이 예쁜 너……

너는 나의 길, 너는 나의 나무, 너는 나의 구름, 너는 나의 우산, 너는 나의 연못, 너는 나의 조약돌, 너는 나의 진주, 너는 나의 소금, 너는 나의 햇빛, 너는 나의 아침, 너는 나의 비누, 너는 나의 바람, 너는 나의 노래, 너는 나의 편지지, 너는 나의 들판, 너는 나의 노을, 너는 나의 지평선……

내 모든 생각의 끝에는 항상 네가 있어.

내일 시험 볼 때 그냥 답안지 가득
네 이름만 적고 시험장에서 나와 버릴까?
어떤 문제가 나와도, 문제를 풀다가 결국엔
또 널 생각할 게 분명하니까.

결론

블라디미르 마야코프스키

사랑은 씻겨지지 않는다.

서로 다투더라도

멀리 떨어져 있더라도.

고민은 끝났다.

판단도 끝났다.

확인도 끝났다.

이제 보잘것없는 내 시를 걸고

나는 맹세한다.

사랑한다.

변함없이 정직하게 사랑한다.

사랑하는 여인

너와 만나고 집으로 돌아와서 침대에 누워 오늘 있었던 일을
너랑 재잘거리는 게 너무 즐거워. 10분만 통화하고 자자고 했
는데 벌써 세 시간이 훌쩍 지났어. 시시껄렁한 농담들도 왜
이리 재밌는지, 시간이 어떻게 가는지도 모르겠어.

오늘은 종일 비가 내렸는데 내일은 날이 좀 맑을까? 아침에
파란 하늘이 드러나면 우리 또 놀러 가자. 너는 걷는 것을 좋
아하니까 숲을 끼고 있는 산책길을 찾아봐야겠다. 이렇게 너
랑 같이 가고 싶은 곳들을 하나하나 검색해보는 일도 정말 재
미있어. 여기는 또 어떻게 알았냐고 물으며 네가 좋아하는 모
습이 그려져서 신나.

늘 가는 곳만 다니던 나였는데 이제는 네 덕분에 아름답고 멋
진 곳들을 여기저기 많이 알게 됐어. 우리 날이 너무 덥지 않
을 때 많이 돌아다니자. 돌계단을 올라가면 벤치만 덩그러니
놓여 있는 한적한 공원도 좋고, 맛있는 국수 가게가 있는 너
희 집 앞 골목도 좋아. 너와 함께라면 어디라도 괜찮아. 어디
든 네가 있는 곳이 나에게는 가장 좋은 곳이니까.

활짝 웃는 네 모습, 오래도록 보고 싶다.
이제 그만 자야 하는데……
얘기를 해도 해도 끝이 없네.

너 괜찮으면
우리 그냥 이대로
비가 그칠 때까지 계속 통화할까?

딱히 할 얘기가 없어도 그냥 아무 얘기라도 좋으니까 말이야.
투둑투둑 떨어지는 빗방울 소리가 달콤한 네 목소리와 한데
섞이니 너무 포근하다.

날이 맑게 개서 빨리 너와 산책도 하고 싶지만,
지금은 영영 이 비가 그치지 않았으면 좋겠어.

사랑하는 여인

폴 엘뤼아르

그녀는 내 눈꺼풀 위에 있다
그녀 머리칼이 내 머리칼 속에 섞이고
그녀는 내 손과 같은 형태
그녀 눈과 내 눈은 같은 빛으로 물들며,
하늘 위로 사라진 조약돌처럼
그녀는 내 그림자 속에 잠겨 사라진다

그녀는 항상 눈을 뜨고 있어
나를 잠 못 이루도록 한다
그녀의 꿈은 눈부신 빛에 싸여
태양을 증발시키고,
나를 웃게 하고, 또 울고 웃게 하며,
할 말이 없어도 말하게 한다.

추억
열아홉

———

입맞춤 뒤에

소금기를 머금은 바닷바람이 제법 쌀쌀하게 불었던 봄날, 우리는 그네처럼 흔들리는 벤치에 앉아서 입을 맞췄어. 살며시 입술을 포개고서 나는 천천히 발을 뻗어 벤치를 움직였지. 벤치가 앞뒤로 흔들릴 때마다 네 입술이 자연스레 내 입술을 간질였어. 쉬지 않고 백사장을 적시는 파도처럼 말이야.

그 느낌이 너무 좋아서 나는 입을 맞춘 채로 한 번 더 발을 굴렀어. 어느 틈엔가 우리도 모르게 저절로 입술이 벌어졌지. 몸이 허공에 붕 뜬 것 같았어. 마음은 계속 부풀어 오르는데, 몸은 자꾸만 가벼워져서 결국엔 내 몸무게가 하나도 안 느껴졌어. 네게서 입술을 떼면 몸이 풍선처럼 둥둥 떠올라 하늘로 날아가 버릴 것 같았어. 그래서 흔들리던 벤치가 멈췄는데도 한동안 입술을 떼지 않았지.

입맞춤이 끝났는데도 감은 눈을 뜨기가 싫었어.

부끄러워서가 아니야. 눈 뜨면 달콤했던 그 느낌이 순식간에 다 날아가 버릴 것 같았거든. 앞으로도 그 순간보다 더 좋은 순간은 없을 것 같았어. 그때만큼은 그대로 영영 눈을 뜨지 못해도 좋다고 생각했지. 천국은 하늘에 떠 있는 구름 위에 있는 것이 아니라, 너와 함께 입을 맞추고 있는 바닷가의 벤치 위에 있다는 걸 알았으니까.

아마 천국의 문이 있다면
그건 분명 네 입술일 거야.

입맞춤 뒤에

미키 로후

"잠들었니?"
"아니" 하고 너는 대답했다

5월
꽃 피는
한낮에

호숫가 풀밭 위에서
햇빛 아래서

"눈 감고 죽고 싶어"
네가 말했다

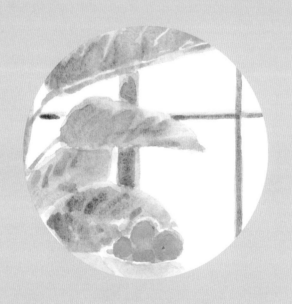

맛집을 믿지 않아요

너랑 함께 간 식당들 하나도 빠짐없이 다 맛있었어. 노릇노릇
하게 구워낸 양고기를 내놓았던 레스토랑도, 갖은 나물을 정
갈하게 무쳐서 담아냈던 백반집도. 너는 새로운 맛집을 알게
되면 꼭 나를 데리고서 그 식당을 다시 찾았지. 너 때문에 처
음 먹어 보는 음식도 많았고, 자주 먹어서 익숙했던 음식에서
도 새로운 맛을 알게 됐어. 밴댕이가 그렇게 맛있는 횟감이란
것도 너를 만나서 처음 알았어. 네가 고른 식당에서 내가 좋
아하는 너랑 같이 먹으니 당연히 뭐든 맛있을 수밖에 없지.

그런데 널 만나고 내가 제일 맛있게 먹은 음식이 뭔지 알아?
지난달 호수공원에 산책 갔을 때 네가 손수 만들어온 유부초
밥이야. 아, 지금도 또 먹고 싶다. 너는 그냥 당근이랑 고기만
다져서 넣었을 뿐이라고 말했지만, 내게는 맛집의 솜씨 좋은
요리사가 내놓은 어떤 음식보다 더 맛있었어. 그냥 너 듣기
좋으라고 하는 말이 아니야. 그날 네가 남긴 유부초밥들도 내
가 싹 다 먹어치웠잖아. 아무리 간단한 요리라도 네가 만들면
나는 세상에서 가장 맛있게 먹을 수 있어.

사랑도 그 유부초밥과 다르지 않겠지. 소설이나 영화에서 암만 멋지고 예쁜 사랑을 봐도 네가 주는 사랑보다 더 아름답거나 대단하다고 느껴지지 않거든. 유명한 맛집의 음식도 집밥이 주는 따스함까지는 흉내 내지 못하잖아. 오롯이 한 사람을 생각해 정성껏 만든 음식이 얼마나 맛있고 귀한지 너를 통해 알게 됐어. 나도 그런 사랑을 네게 줄게. 사랑은 누가 대신해 줄 수 없으니까. 서로 사랑하는 둘이서 만들어가는 거니까.

만약 사랑에 맛이 있다면, 우리 사랑의 맛은 이랬으면 좋겠다.

다른 사랑을 부러워하지 않는 담백한 맛.
생각만 해도 웃음이 나는 달콤한 맛.
잘못을 서로의 탓으로 돌리지 않는 순한 맛.
시간이 지나도 오래도록 기억되는 진한 맛.

우리 진짜 맛있는 사랑을 만들자.
그래서 아무에게도 주지 말고 우리 둘이서만 맛있게 먹자.

맛집을 믿지 않아요

아— 맛집을 믿지 않아요
그대와 함께 요리를 할래요

함께 식탁에 마주 앉으면
누가 주인이고 누가 손님이겠어요

서러웠던 하루가 아무런 의미 없이
잠들지 않을 수 있는 건

사람은 그가 먹는 바의 것이라
누가 했던가
나는 네가 너는 내가
서로가 서로의 거울이 되네

아침 밥상 사랑
점심 밥상 사랑
저녁 밥상 사랑
사랑

아침 산책

오래된 사진첩을 펼쳐 보며 서로 어렸을 적 얘기 들려주기.

생일날에는 작은 선물과 함께 정성스레 손 편지 적어주기.

텔레비전이나 인터넷에 알려지지 않은 둘만의 맛집 찾기.

예쁜 옷 골라주듯 서점에서 서로에게 어울리는 시집 골라주기.

서로가 골라준 시집을 침대 머리맡에 놓아두기.

한여름에 공포 영화 보고 집 앞까지 바래다주기.

밤새 통화하다 먼저 잠든 사람에게 조용히 자장가 불러주기.

놀이동산에서 솜사탕 나눠 먹으며 행복한 연인들 지켜보기.

자연스럽게 웃는 표정의 메신저 프로필 사진 찍어주기.

비밀번호에 숫자가 필요할 때에는 서로의 생일 넣기.

한밤중에 동네 공터에서 야광 셔틀콕으로 배드민턴 치기.

여행 가기 전에 이것저것 검색해보며 함께 여행 일정 짜기.

서툴더라도 서로의 초상화를 그려서 액자에 넣어 선물하기.

유니폼 맞춰 입고 야구장에 가서 한목소리로 크게 응원하기.

비누 공방에 가서 재스민 향이 나는 커플 비누 만들기.

아침마다 세수하면서 가장 먼저 서로를 떠올리기.

약속 장소를 정하고 만나서는 우연히 만난 듯이 반가워하기.

공원에서 무릎베개하고 누워서 파란 하늘 올려다보기.

색색의 마카롱을 입에 한가득 넣고 '사랑해'라고 말하기.

둘만의 예쁜 추억이 담긴 단어들로 끝말잇기 하기.

같이 하고 싶은 것들을 적어서
서로 바꿔 읽어보기.

아침 산책

앨런 알렉산더 밀른

앤과 나는 산책을 나갔지.
우리는 손을 잡고 걸으며 말했지.
우리가 마흔두 살이 됐을 때
같이 하고 싶은 것들을.
우리는 하나하나 떠올렸지.
굴렁쇠 굴리기, 자전거 타기
커다란 풍선에서 뛰어내리기.
그리고 그날 오후 앤과 나는
그것들을 모조리 다 해버렸어.

네 빛 속에서 나는 배운다

너 때문에 많은 것을 배웠어.

세상에 아름다운 것들이 얼마나 많은지도
너를 통해 알게 됐어.

"목련꽃 예쁘다."
"저 곰 인형 정말 예쁘지 않아?"

너는 예쁜 것을 보면 그냥 못 지나치는 사람.
그 자리에 멈춰 서서
꼭 예쁘다고 말하는 사람.

널 만나기 전에는 무심코 바라봤던
길가의 꽃들도
작은 돌멩이도, 파란 하늘도
널 만난 뒤로는 모두 아름답고 따뜻하게 보여.

정말 고마워.

이제 나도 널 닮아
예쁜 걸 보면 그냥 지나치지 못해.
오늘도 너를 한참 동안 바라봤어.

너 참 예쁘다.

네 빛 속에서 나는 배운다

잘랄 아드딘 무하마드 루미

네 빛 속에서 나는 배운다.

어떻게 사랑하는지.

네 아름다움 속에서 나는 배운다.

시는 어떻게 쓰는지.

아무도 보지 않을 때

너는 내 품에서 춤을 춘다.

나도 가끔 춤춘다.

그 풍경이 이 시가 되었다.

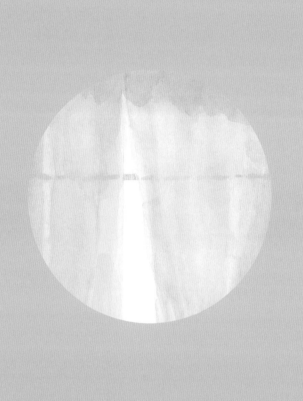

추억
스물셋
————

사랑 노래

너를 만나기 전까지 나는 많이 지치고 힘들고 외로웠어. 사실 한 치 앞도 잘 안 보였어. 사는 게 꼭 롤러코스터를 타는 것 같았어.

겨우 올라왔다 싶으면 눈 깜짝할 사이에 곤두박질치고. 가까스로 정신을 차렸다 싶으면 다시 사정없이 꺾어지고.

혹시나 눈을 감아보면 조금 괜찮아질까 하고 세상과 벽을 쌓아보기도 했지만, 그럴수록 내 삶은 더욱더 요동쳤어. 어리석게도 이제 내 곁에 다가와 줄 사람은 아무도 없을 거라고 믿었어. 그래서 남들은 재미있다며 손을 들고 신나서 소리를 지를 때에도 나는 늘 내가 삶에서 튕겨져 나갈까 봐 조마조마했어. 끝을 알 수 없는 걱정과 불안 때문에 삶이 금방이라도 무너져버릴 것만 같았어.

그런데 너를 만난 후로는 어둡고 힘들기만 했던 내 삶이 완전히 달라졌어.

네가 담담하게 건네는 "힘내"라는 한마디가
안전벨트처럼 나를 꽉 붙잡아줘서.

그 짧은 한마디가 내게는 얼마나 큰 위안이 되고 힘이 되는
지. 여전히 한 치 앞도 안 보이는 건 마찬가지지만, 그래도 이
제는 내가 삶에서 떨어져 나가지 않을 것 같아 안심이 돼. 제
아무리 힘든 일이 닥친다 해도 하나도 두렵지 않아. 이렇게
꿋꿋하게 살아갈 수 있는 용기를 줘서 고마워. 롤러코스터처
럼 어지러운 삶도 너와 함께 있으니까 하루하루가 즐겁고 재
미있는 유원지 같다. 언젠가 네게도 힘든 일이 닥쳐서 네가
흔들리려고 하면 내게 말해줘.

나도 너를
꼭 붙잡아주고
안심시켜 줄게.

사랑 노래

어떻게 하면 내 마음이
네 마음을 만지지 않을 수 있을까

내 마음이 너를 건드리지 않고
멀리 다른 곳까지 날아갈 수 있을까

네 마음의 소리 울릴 때
적막하고 어두운 곳에
내 마음을 떨어뜨린다면 얼마나 좋을까

하지만 세상 모든 것들은
두 줄에서 한 소리를 빚는 바이올린 활처럼
너와 나
우리 둘을 언제나 함께 울리니

어떤 악기일까?
우리를 이렇게 묶고 있는 것은

어느 연주자의 손에
우리는 놓여 있는 걸까?

아, 세상 가장
아름다운 노래여

더욱 멀리가는 질문

네가 내 것이었으면 좋겠다고 생각한 적이 있어. 네가 선물해준 지갑처럼 어딜 가나 호주머니 안에 항상 널 넣어 다니고 싶었어. 혹시나 내가 널 어디 떨어뜨리지는 않나 하고 수시로 내 옆의 너를 확인하기도 했지. 잠시라도 네가 곁에 없으면 불안했어. 너와 잠시만 떨어져 있어도 네가 내게서 아주 떠나가 버릴 것 같아서 무서웠어. 행여나 나보다 좋은 사람이 나타나서 너를 데려가면 어쩌지 하고 걱정도 하고.

그렇게 너 때문에 안절부절못하는 내 모습들을
사랑이라고 믿었어.

그 잘못된 믿음이 나를 너에게 더욱 집착하도록 부추겼던 것 같아. 네가 나밖에 없다고 몇 번이나 말해주었는데도, 나는 더욱 확신을 갖게 해달라고 너를 다그쳤지. 내게 가장 좋은 것들만 준 고마운 너를 나는 사랑이라는 이름으로 죄인처럼 내 안에 가둬두려고만 했어.

미안해. 정작 잘못한 사람은 나였는데. 그래도 너는 싫은 소리 한 번 안 하고 변함없이 내게 환한 웃음을 건넸지.

여전히 나는 지금도 궁금해. 네가 지금 어디에 있는지, 무슨 생각을 하는지, 날이 갈수록 왜 이렇게 더 아름다워지는지. 하지만 이제 그 모든 마음들이 다만 욕심이라는 거 알아. 사랑은 진열대에 올려놓은 예쁜 물건이 아니라는 것도. 비록 작은 새장처럼 앙상한 마음이었지만, 이제는 내 마음을 활짝 펼쳐서 네가 편히 쉬어갈 수 있는 나무가 되도록 노력할게.

마음껏 돌아다니다가
언제라도 내게 와서 쉬어.
잠시 쉬었다가 다시 날아가도 괜찮아.

네가 박차고 떠난 그 나뭇가지의 흔들림까지도 이제 내게는 기쁨이고 사랑이니까.

더욱 멀리 가는 질문

페드로 살리나스

왜 나는 네가 어디에 있느냐고 물을까?
나는 장님이 아닌데
네가 앞에 없는 것도 아닌데

네가 오가는 것을 보면
네 커다란 몸은
네 목소리 속으로 사라진다
거대한 불꽃이 연기로 사라지듯이
만질 수 없는, 공기 속의 너

그래서 나는 묻는다
너는 무엇으로 만들어졌을까?
너는 누구의 것일까?
그러면 너는 두 팔을 펼쳐서
내게 네 아름다운 모습을 보여준다
너는 내 것이라고

그러나 내 질문은 언제나 끝이 없다

애가 14

너도 기억나지?

우리 만난 지 얼마 안 돼서 같이 밥 먹었을 때. 먼저 식사를
마친 내가 멀뚱멀뚱 너를 쳐다봐서 네가 엄청 민망해했잖아.
그때 네 접시에는 오므라이스가 아직 반이나 남아 있었고. 가
만히 너를 지켜보는 내가 부담스러웠는지, 결국 너는 배부르
다며 음식을 남기고 자리에서 일어났지.

그랬던 우리가 이제는 거의 같은 속도로 밥을 먹어.
길을 걸을 때도 옆에서 발을 맞춰가며 나란히 걷고.
둘 다 졸린 목소리로 전화를 끊고 같은 시간에 잠에 들지.

요새는 너와 함께 맛있는 음식을 먹는 시간보다 너와 내가 동
시에 숟가락을 놓은 그 짧은 순간이 더욱 행복하게 느껴져.

앞서가거나 뒤처지는 사람 없이
우리가 서로 같은 마음으로 사랑하고 있는 것 같아서.

하루하루 사소한 것들을 하나씩 맞춰가다 보니 어느새 서로 사랑하는 마음도 이렇게 같아졌나 봐.

우리 늘 지금처럼
같은 마음으로 사랑하자.

애가 14

"내 사랑" 네가 말했어
"내 사랑" 내가 대답했어

"눈이 온다" 네가 말했어
"눈이 온다" 내가 대답했어

"한 번 더" 네가 말했어
"한 번 더" 내가 대답했어

"지금처럼" 네가 말했어
"지금처럼" 내가 대답했어

"널 사랑해" 네가 말했어
"내가 더 사랑해" 내가 대답했어

"여름이 갔어" 네가 말했어
"가을이 왔어" 내가 대답했어

그리고 우리의 대화는
더 이상 예전과 같지 않았지

어느 날 마침내 네가 말했어
"내 사랑, 널 정말 사랑해"

깊은 가을, 노을빛 아래서 내가 말했어
"다시 한번 말해줘"

추억
스물여섯
―――――

당신은 점점 아름다워진다

"넌 날마다 더 예뻐진다."

내가 이렇게 말하니까 네가 웃으며 말했어.

"어디 잘 찾아봐.
잘 찾아보면 한 군데 정도는 안 예쁜 구석도 있을 거야."

사람이 이렇게 예뻐도 되나 싶어서 가끔씩 널 보다가 깜짝 놀라는 나인데. 오늘은 네 말을 듣고 정말 네게도 안 예쁜 곳이 있나 하고 찾아봤어. 작심하고 머리끝에서 발끝까지 한 군데도 빼놓지 않고 다 살펴봤는데 도무지 못 찾겠더라. 끝없이 펼쳐진 모래사장에서 누가 숨겨 놓은 작은 반지를 찾는 것보다 더 어려운 일 같았어.

"뭘 그렇게 열심히 찾아?
그러다 정말 안 예쁜 데 하나라도 나오면 어쩌게?"

자신감 넘치던 네가 조금 걱정스러운 목소리로 말했어. 내가
너무 대놓고 뚫어져라 쳐다봐서 너도 신경 쓰였나 봐. 내가
끝내 포기했다고 말하고 나서야 너는 다시 웃었지. 정말이지
안 예쁜 구석이 하나도 없었어. 그러니까 혹시라도 내가 네게
서 안 예쁜 구석을 찾으면 어쩌지 하고 걱정하지 마.

설령 내가 모래사장을 다 뒤져서
그 반지를 찾았다 해도.

나는 미련 없이 그걸
힘껏 바닷가에 던져버릴 테니까.

당신은 점점 아름다워진다

다카무라 고타로

여자가 액세서리를 하나씩 버리면

왜 이리 예뻐지는 걸까?

나이에 씻긴 당신의 몸은

끝없이 넓은 하늘을 날아가는 보석

당신은 겉모습도 소문도 신경 쓰지 않는

알맹이뿐인 맑고 차가운 생물

당신은 살아서 움직이고 하나하나 욕망한다

여자가 여자를 되찾는 것은

이런 오랜 세월의 수업 때문일까?

조용히 서 있는 당신은

틀림없이 신이 빚은 작품이다

말은 안 하지만 가끔 깜짝 놀랄 만큼

당신은 점점 아름다워진다

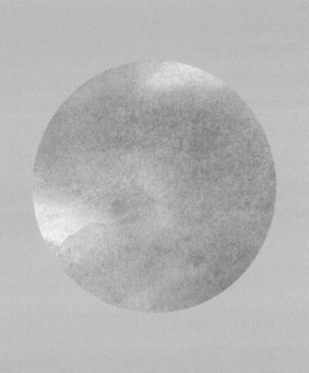

볼가강

네가 오늘 아주 힘든 날을 보낸 것 같아서 걱정돼.

늘 생기 넘치던 네 목소리가 오늘은 기운이 하나도 없이 들렸어. 무슨 일이냐는 내 물음에도 별일 아니라 하고, "만나서 차라도 마실까?" 하니 그냥 오늘은 "혼자서 좀 쉬고 싶다"라고 퉁명스레 대답하고. 알았다고 기운 내라고 하고 전화를 끊었는데 계속 신경이 쓰여. 맡은 일이 잘 안 풀렸는지, 친한 친구들과 다퉜는지, 아니면 내가 나도 모르는 잘못을 해서 혹시나 너를 속상하게 만든 건 아닌지.

그래, 살다 보면 어떤 날은 너무 힘이 들어서 세상에 너를 이해해주는 사람이 한 명도 없다는 생각이 들 때도 있겠지. 아무리 가까운 가족이라도, 늘 네 생각만 하는 나조차도 말이야. 그래서 혼자 있고 싶은 생각이 들 때도 있을 거야.

그래도 이것만은 잊지 말고 꼭 기억해줬으면 좋겠어. 나는 항상 네 편이라는 거 말이야. 네가 어떤 일로 상처받아도, 누구와 다투더라도 나는 항상 네 편이 되어줄게. 내게는 세상 누구보다 네가 가장 소중하니까. 네가 웃어야 나도 마음 편히 쉴 수 있으니까. 세상 사람들이 모두 네가 잘못했다고 손가락 질해도 나는 네 편이 되어서 널 위로해줄 거야. 설령, 네가 나랑 다투더라도 나는 네 편이 되어서 나를 흉보고 다그칠게. 네가 아무리 내게 서운한 행동과 말을 하더라도 내게는 나보다 네가 더 소중하니까.

무슨 일이 있어도
나는 언제나 네 편이야.

볼가강

루 안드레아스 살로메

네가 멀리 떨어져 있어도 나는 너를 볼 수 있다
네가 멀리 떨어져 있어도 너는 나의 것이다
표백되지 않는 현재처럼, 나의 풍경처럼
너는 나를 둘러싸고 있구나

너의 기슭에서 나는 결코 쉬지 않았지만
너의 무한함을 나는 알 것 같다
꿈의 물결은 네 거대한 고독의 가장자리에
나를 상륙시킬 것만 같다

빛나는 이것은 진주인가요

너를 만나고부터 내 삶에서 가장 빛나는 순간이 시작되었어.

너 때문에 하루하루가 밝아지고 온 세상이 빛이 나. 매일매일
이 얼마나 눈부신 나날인지. 그 빛이 꿈속에도 스며들어서 흑
백으로만 꿈을 꾸던 내가 이제는 색깔로 된 꿈을 꾸기도 해.
널 만나기 전에는 상상도 못 했던 일이야. 정말이지 꿈만 같
은 나날이야.

이렇게 아름다운 날들인데도 문득 아침에 눈을 뜨면 불안해
질 때도 있어. 풀잎에 곱게 맺혔다가 흔적도 없이 증발해버리
는 이슬처럼 우리 사랑도 사라져버리면 어떡하나 하고 말이
야. 그런 날에는 네가 "오늘따라 왜 자꾸 그래?"라고 물을 정
도로 네게 사랑한다는 말을 많이 하거나 유난히 네 손을 더
꽉 쥐기도 했던 것 같아.

나는 우리 두 사람의 사랑이 똑같이 빛나는 물체라 하더라도,
금방 사라져버리는 이슬이 아니라 단단한 진주 같기를 바라.
시간이 지나도 변함없이 빛나는 진주처럼 우리 사랑도 그렇
게 계속되기를.

자기 안에 들어온 물질을 수천 겹의
진주층으로 감싸서 빛을 만드는 진주조개처럼
오래도록 너를 안아줄게.

우리 사랑이 언제까지나
지금처럼 눈부시게 빛나도록.

빛나는 이것은 진주인가요

빛나는 이것은 진주인가요
네가 물었을 때
이슬이라 대답하고
함께 사라져버릴 것을

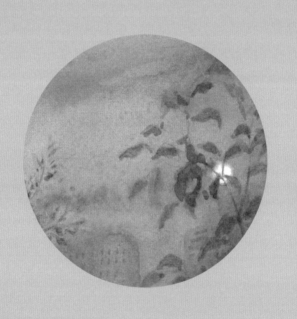

절망적인 사랑의 가셀라

"좋아하는 사람이랑 첫눈을 맞으면 사랑이 이루어진대."

카페에 들어와 꽁꽁 언 손을 내밀며 네가 말했어. 그날부터 우리는 매일 밤 일기예보를 확인하고 잠에 들었어. 그렇게 한 일주일쯤 기다렸으려나. 드디어 서울에도 내일 오후 늦게 첫 눈이 내릴 거라는 일기예보를 보았지. 우리는 신나서 어디에서 첫눈을 맞으면 좋을까를 고민했어. 동네 놀이터, 명동 거리, 한강공원, 가로수길…… 수많은 곳들을 머릿속에 떠올리다가 우리는 결국 남산타워에 가기로 결정했지.

첫눈 소식 때문인지 평일인데도 남산타워는 사람들로 붐볐어. 우리처럼 첫눈을 함께 맞으려고 온 연인들도 많이 보였지. 이 많은 사람들이 모두 같은 마음으로 첫눈을 기다린다고 생각하니 추운 날씨도 조금은 따뜻하게 느껴졌어. 우리는 손을 잡고서 서울을 한눈에 내려다보며 첫눈이 내리기를 기다렸지. 하지만 날이 저물고 밤이 되어도 기다렸던 첫눈은 올 생각이 없어 보였어. 여기저기서 실망한 표정으로 산을 내려가는 사람들도 보였지.

우리는 남아서 조금 더 첫눈을 기다려보기로 했어. 하지만 연인들이 꼭꼭 잠가 놓은 자물쇠처럼 아무리 기다려봐도 눈은 내리지 않았지. 결국 기다리다 지친 네가 일기예보는 믿을 게 못 된다면서 투덜대며 집에 가자고 말했어. 그래도 아쉬운 마음이 남았는지, 너는 셔틀버스를 타는 대신 걸어서 산을 내려가자고 했어. 나는 할 수 없이 애꿎은 밤하늘과 빗나간 일기예보를 원망하며 너를 따라 발길을 돌렸지.

추위에 온몸을 떨면서 터벅터벅 산길을 내려오던 중이었어. 우리는 산 중턱에 잠깐 멈춰 서서 잠시 숨을 골랐지. 여전히 시무룩한 나와는 달리 너는 처음 산에 오를 때처럼 다시 해맑게 웃고 있었어. 너는 가방을 열어 무언가를 꺼내서 내 손에 건네주었지. 가로등 빛에 비추어 보고서야 나는 그게 스노우 스프레이란 걸 알았어. 우리는 한 손에 스노우 스프레이를 들고서 웃으며 서로를 향해 맘껏 첫눈을 뿌려주었지.

내 기억 속에
가장 아름다운 첫눈이 내리던 밤이었어.

절망적인 사랑의 가셀라

페데리코 가르시아 로르카

밤은 오고 싶지 않은가 보다
네가 오지 못하도록
내가 가지 못하도록

그러나 나는 갈 거야
전갈 태양이 내 관자놀이를 먹어치울지라도

그러나 너는 올 거야
소금 비에 혀가 타버린다고 해도

낮은 오고 싶지 않은가 보다
네가 오지 못하도록
내가 가지 못하도록

그러나 나는 갈 거야
물어뜯긴 카네이션을 두꺼비에게 줘버리더라도

그러나 너는 올 거야

어둡고 혼탁한 하수도를 거슬러서라도

밤과 낮이 오고 싶지 않은가 보다

네가 그리워 내가 죽도록

내가 그리워 네가 죽도록

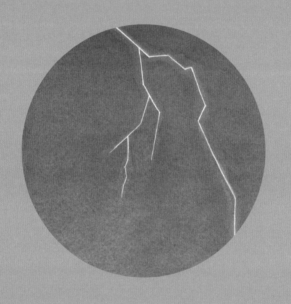

추억
서른

———

천둥

얼마 전에 애인과 헤어진 친구를 만났어. 처음에는 자기도 꽤 힘들었는데 이제는 힘든 것도 잘 모르겠대. 별로 생각도 안 나고. 조금만 지나면 완전히 잊을 수 있을 것 같다고도 하더라. 다행이라고 위로해주긴 했지만, 얘기를 듣는 내내 한편으로는 마음이 조금 꺼림칙했어. 혹시나 우리도 언젠가 저렇게 서로를 잊게 되는 날이 오면 어쩌나 하고 걱정돼서 말이야.

나는 지금도 너와 함께 갔던 곳들이 하나하나 다 떠올라. 네 얼굴, 네 목소리 그리고 네 목에 난 작은 점까지도. 애써 눈을 감아봐도 더욱 선명하게 네가 생각나. 이런 내가 너를 잊을 수 있을까? 나는 자신이 없어. 너를 잊는 것보다 차라리 지구가 둥글다는 사실을 잊는 게 더 쉬울 것 같아.

어젯밤에는 꿈속에서 우연히 핸드폰을 주웠어. 주인을 찾아줘야겠다는 생각보다 네 목소리가 듣고 싶은 마음이 더 컸나 봐. 핸드폰을 줍자마자 나도 모르게 네게 전화를 걸었어. 꿈속인데도 네 전화번호 11자리가 하나하나 또렷하게 다 기억나더라. 때마침 옆에 마카롱 가게가 보여서 나는 네가 좋아하는 마카롱을 사 가겠다고 했어. 꿈속에서도 너는 신나서 들뜬 목소리로 빨리 사 오라고 했지.

한 번 새기면 평생 지울 수 없는 문신처럼 네가 내 마음속에 깊이 새겨진 것 같아. 누가 내 마음을 꺼내서 억지로 도려내지 않는 이상 나는 너를 잊지 못할 거야.

그리고 나는
오직 너 한 사람만 사랑할 거야.

천둥

하야시 후미코

'그런 남자 따위 깨끗이 잊어버려야지' 하고
그렇게 생각한 바로 다음 날의 일이었다.
천둥이 땅을 두드리듯 우르릉 우르릉 울었다.
유리창 그늘에서 나는 저리도록 오그라들어 있었다.
비가 그치기 시작했는데도 나는 개처럼 떨었다.
잊어버리자고 결심했던 남자를 문득 생각하기 시작했지만
엄청난 천둥소리를 들으며 갑자기 〈딸꾹질〉을 하다가
아이처럼 잠에 빠져버렸다.

———

시간은 모든 것을 치료한다

나는 사람들에게 내가 좋아하는 것들을 들킬까 봐 늘 부끄러웠어. 내가 좋아하는 시, 내가 즐겨 듣는 음악, 내가 감동한 영화, 그 모든 것들이 너무나 어리숙하고 보잘것없이 느껴져서 혹시라도 사람들에게 비웃음을 사지는 않을까 걱정했어. 그래서 내가 그것들을 얼마나 소중히 여기고 좋아하는지 제대로 표현도 못하고 마음속에만 품고 있었지.

너를 좋아하고서도 한동안은 마찬가지였어. 너를 좋아하는 내 마음보다 사람들이나 네가 내 마음을 어떻게 생각할지가 더 신경 쓰였어. 다른 사람들 눈에는 그저 아무것도 모르는 어린애의 유치한 고백처럼 보일까 봐 두렵기도 했고, "오그라들어", "닭살 돋아" 같은 놀림이 겁나서 사랑한다고 맘껏 말하고 싶었던 순간에도 더 멋지고 세련된 말들을 찾느라 망설이기만 했던 것 같아.

하지만 나를 아끼고 사랑해주는 네 모습을 지켜보면서 생각을 바꾸게 됐어. 책이나 영화에서 본 어떤 멋진 말들보다 네가 건넨 진솔한 한마디가 내게는 더 벅찬 기쁨이 됐으니까.

그리고 너도 내가 속마음을 솔직하게 털어놓았을 때 가장 많이 웃고 좋아해줬으니까. 딱히 거창하거나 특별한 말이 아니더라도 진심을 담아 얘기한다면 충분히 아름답고 빛나는 말이 될 수 있다는 걸 너를 만나 알게 됐어.

그리고 내가 얼마나 아름답고 빛나는 사람인지도. 너는 어두컴컴하기만 했던 내 마음속 가장 깊은 곳까지 내려와 내게서 빛나는 보석들을 캐내 보여준 사람이야. 네가 아니었더라면 나는 수많은 보석들이 내 안에 묻혀 있었는지도 몰랐을 거야. 하나도 빠짐없이 전부 너에게 줄게. 세상에서 가장 빛나고 아름다운 사랑이라는 보석 말이야.

지금도,
그리고 앞으로도 영원히

사랑해.

시간은 모든 것을 치료한다

힐레어 벨록

한때는 부끄러웠지만 지금은 자랑스럽다.
누구보다도 내가 너를 더 많이 사랑했다.

사랑하라
희망 없이

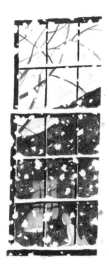

사랑하라 희망 없이, 젊은 새 사냥꾼이
영주의 딸을 향해 그의 긴 모자를 벗었을 때처럼
갇혀 있던 종달새가 도망쳐 날아올라
말 타고 지나는 그녀 머리 위에서 노래하도록 한 것처럼

- 로버트 랑케 그레이브스, 「사랑하라 희망 없이」

처음 당신의 존재를 알았을 때, 저는 절로 뛰는 마음과 눈부시다는 감각 외에는 아무것도 느끼지 못했습니다. 별처럼 빛나는 당신은 제게 놀라움을 가져다주었고, 저는 당신이 이 세상에 존재한다는 사실만으로 고마움을 느꼈습니다.

그러나 시간이 흘러 저와 당신이 서로의 마음을 확인하고 서로에게 조금씩 다가가는 동안, 당신을 향한 제 마음은 당신을 소유하고 싶다는 욕망으로 변해갔습니다.

'너의 모든 것을 갖고 싶다', '언제나 내 곁에 두고 싶다', '나 말고 다른 사람을 생각하지 않았으면 좋겠다' 그런 생각들이 제 안에서 자라나기 시작했습니다. 저는 안절부절못하며 당신이라는 예쁜 꽃을 꺾어 제 마음의 꽃병에 꽂아두고 싶어 했습니다. 당신이 이 세상에 살아 숨 쉬는 것만으로도 감사하고 벅찼던 제 마음이 어쩌다가 이런 탐욕으로 변해버렸을까요?

이 책을 엮으면서 저는 그때 제 안에 욕망이 자라난 것이 당신과의 미래에 대한 희망 때문이었음을 깨달았습니다. 그때 저는 현재에 머물지 못하고, 늘 무언가를 조금 더 얻기를 바랐습니다. 그래서 조바심을 냈습니다. '네가 날 더 바라봐주면 좋겠어', '네가 이렇게 하면 내가 더 행복할 거야'. 저는 어리석게도 사랑이 아닌 어두운 욕심에 사로잡혀 있었습니다.

'지금' 내 앞에 펼쳐진 사랑을 온전하게 받아들이지 못하고, 희망이라는 명분으로 우리 둘의 '미래'만을 상상하며 그 순간 순간마다 빛나던 사랑의 기쁨을 유예했음을 고백합니다.

당신이 제 앞에 서 있는 것만으로도 가슴 떨리던 시절, 아무것도 바라지 않고 아무것도 꿈꾸지 않아도 행복했던 그 시절로 돌아가고 싶습니다. 하지만 이제 당신은 제 곁에 없고, 저는 그 시절로 돌아갈 수 없습니다.

희망이란 언젠가는 터져버리고 마는 풍선과도 같은 것이더군요. 그리하여 희망하기를 그칠 줄 모르는 사랑은 언젠가 끝나버리고 맙니다. 희망이 없으면 사랑은 훨씬 오래 지속될 거라 믿습니다. 어쩌면 영원할지도 모릅니다. 언제까지나 욕심 없는 마음을 간직하는 사랑은 이다지도 맑고 아름다운 것을. 저는 왜 당신을 잃고 나서야 겨우 욕망 없이 사랑할 수 있게 되었을까요?

어떤 이는 사랑할 수 있는 능력을 애능(愛能)이라고 불렀습니다.

애능(愛能): 사랑을 할 수 있는 고요함과 사랑을 할 수 있는 어리석음과 사랑을 견딜 수 있는 한심함과 사랑을 포기 못하는 미련함과 사랑이 다 사라질 때까지 그것을 들여다보고 있는 멍함과 무엇보다도 사랑인지 아닌지 질문도 없이 평생 살아버리는 그 직진하는 생의 무모한 의무감 같은 것과 그것이 내가 아닌 타인으로 중심이동하여 그 타인의 생에서 자기를 잃는 완전한 이탈을 범하고 유지할 수 있는 능력.

– 빈섬, 〈애능〉*

저는 이제 당신과 함께하는 미래를 꿈꾸지 못하게 되었습니다. 당신이 제 곁을 떠난 뒤, 처음에는 너무나 슬프고 고통스러웠습니다. 숱한 밤을 앓고 후회와 미안함으로 몸부림쳤습니다. 그러나 그 깊은 아픔의 밤 끝에서 당신은 제게 크나큰 선물을 주었습니다. 저는 이제 희망을 품지 않고도 변함없이 사랑한다는 일이 무엇인지 알게 되었습니다. 사랑하는 사람을 잃는 일이 사랑을 잃는 일과 동일하지 않음을, 당신이 떠

---

* https://isomis.blog.me/221618526517

나고 나서야 뒤늦게 깨달았습니다. 내 온 마음을 바쳐 사랑하는 당신. 이제야 겨우 제 안에 한 사람을 온전히 사랑할 수 있는 힘이 조금씩 움트는 것을 느낍니다.

사랑합니다, 희망 없이.

사랑에는 사랑하는 그 마음 외에는 아무것도 더 바랄 게 없음을, 사랑 그것만으로 이미 충분하다는 것을 비로소 알게 되었습니다. 저는 이제 다만 그 사람을 떠올리는 것만으로도 제 사랑이 언제까지나 변치 않고 계속되리라고 믿습니다.

이번에 아름다운 사랑의 시들을 모으고, 글을 쓰면서, 내내 한 사람을 생각했습니다. 그 사람이 제게 건넸던 말들과 그 사람이 제게 내밀었던 손길들이 시구 속에서 하나하나 되살아났습니다. 시인들이 쓴 시 속의 수많은 '너'와 '그대'와 '당신'이

제게는 단 한 사람처럼 느껴졌습니다. 그렇게 저는 오랫동안 보지 못한 그 사람을 사랑의 시들 속에서 다시 만날 수 있었습니다. 제 안에서 다시 만난 그 사람은 예전보다 훨씬 더 아름답고 다정했습니다. 저는 그 사람에게 말해주고 싶었습니다. 당신으로 인해 제가 얼마나 행복하고 기뻤는지를. 당신과 함께했던 시간들이 제게 얼마나 큰 힘이 되어주는지를.

가슴속에만 담아두었던 말들을 편지지에 옮겨 적듯 솔직하게 썼습니다. 비록 받는 사람의 주소도 이름도 없는 짧은 글들이지만, 이렇게나마 그 사람이 제게 주었던 사랑에 감사를 전합니다. 제 진솔한 마음을 담은 이 책이 한때 제게 세상 전부가 되어준 그 사람에게 작은 울림으로나마 전해졌으면 좋겠습니다. 무심코 아무 쪽이나 펼쳐서 읽어도 그 사람을 환하게 비추었던 햇빛이 책장 한가득 쏟아지고, 그 사람의 이름을 쓰고 놀았던 바닷가의 파도가 책장 한 귀퉁이를 쉴 새 없이 적시는 책이 될 수 있었으면 좋겠습니다. 그리하여 그 사람과 설레고 떨렸던 순간들이 당신에게도 고스란히 다시 전해지기를 바랍니다.

그리고 한 가지 바람이 더 있습니다. 이 책에 실린 아름다운 시들을 읽는 당신에게도 고마운 누군가가 꼭 떠올랐으면 좋겠습니다. 지금 당신 옆에 있는 사람이어도 좋고, 오래전에 당신을 지나쳐버린 사람이라도 좋습니다. 그렇게 당신에게 떠올라주는 것만으로도 이미 충분히 고마운 사람이니까요. 고단하고 팍팍한 이 세상을 살아가는데 가장 큰 이유가 되어주는 사람. 누구보다도 당신을 더 많이 사랑해주었던 사람. 아마 당신 마음속에는 제가 쓴 글보다 몇 배는 더 아름다운 사랑의 이야기들이 가득 차 있겠지요. 부디 당신도 당신 마음속의 그 소중한 사랑의 책을 펼쳐 보시기를 바랍니다.

사랑을 믿는 당신에게
서동빈 드림

시인 소개

막스 자코브 (Max Jacob, 1876~1944)

프랑스의 시인·비평가·화가. 파리의 몽마르트 지역에서 여러 예술가들
과 교류하며 입체주의와 초현실주의의 등장을 이끌었다. 자유로운 운율
과 말의 본래 뜻을 뒤집는 언어를 대담하게 사용해서 시를 썼다. 시집으
로는 초현실주의 산문시를 모은 『주사위 통』과 『중앙 실험실』, 『모르방
시집』 등이 있다. 1909년 유대교에서 천주교로 개종하고 1921년부터는
수도원에서 은둔생활을 하며 그림을 그렸다.

이요랑드 카산

프랑스의 현대 시인.

무로우 사이세이 (室生犀星, 1889~1962)

일본의 시인·소설가. 태어나자마자 친부모의 얼굴도 보지 못한 채 입양
되었다. 불우한 어린 시절을 극복하고 고향과 작고 연약한 생명에 대한 사
랑이 넘치는 아름다운 시들을 썼다. 1934년 『시여, 그대와 결별하다』를 발
표하며 소설 창작에 전념할 것을 선언했지만 이후로도 많은 시들을 지었
다. 소설, 수필, 평론 등 다른 장르에서도 뛰어난 작품을 여럿 남겼다. 시
집으로는 『사랑의 시집』, 『서정소곡집』 등이 있다. 1959년 소설 『가게부
로의 일기유문』으로 노마문예상을 수상하고 그 상금으로 이듬해 무로우
사이세이 시인상을 만들었다.

시경 (詩經)

주나라 초기(기원전 11세기)부터 춘추 시대 중기(기원전 6세기)까지 황하 부근에서 불리던 노래를 모은 중국 최초의 시가집. 본래는 3000여 편을 담았다고 전하나 공자에 의해 305편으로 간추려졌다. 여러 계층의 사람들이 쓴 다양한 시들을 모았으며 각 시편의 작자는 확실하게 누구인지 알 수 없다. 『시경』은 크게 풍(風)·아(雅)·송(頌) 세 부분으로 나누어진다. '풍'은 여러 제후국에서 채집된 민가로서 남녀 간의 애틋한 정과 이별의 아픔을 그렸다. '아'는 궁궐의 공식 연회에서 쓰는 노래를, '송'은 종묘의 제사에서 쓰는 노래를 모았다.

사라 티즈데일 (Sara Teasdale, 1884~1933)

미국의 시인. 단순하고 선명한 언어로 여성 심리를 섬세하게 묘사했다. 몸이 약해서 혼자 지내는 시간이 많았던 어린 시절부터 시를 썼다. 다양한 사랑의 모습과 감정을 아름다운 언어로 감미롭게 노래했다. 시집으로 『사랑의 노래』, 『두스에게 보내는 소네트와 다른 시들』, 『이상한 승리』 등이 있다. 시집 『사랑의 노래』로 1918년 퓰리처상을 받았다.

다이라노 가네모리 (平兼盛, ?~991)

일본 헤이안 시대(서기 794년~1185년)의 시인. 100명의 시인들의 노래를 한 수씩 모아 집대성한 와카 시집 『백인일수』의 40번째 시의 작자이다. 솔직한 표현으로 난해하지 않고 쉬운 시들을 많이 남겼다. 당시 일본 왕이었던 무라카미텐노(村上天皇)의 명으로 만든 『쵸쿠센와카슈(勅撰和歌集)』에 90여 편의 시가 기록되어 있다. 시집으로 『가네모리집』이 있다.

엘리스 파커 버틀러 (Ellis Parker Butler, 1869~1937)

미국의 시인·소설가. 1900년대 초반 가볍고 재미있는 소설들을 값싼 종이에 찍어 저렴하게 판매했던 펄프 픽션 시대에 가장 많은 작품을 발표한 작가이다. 본업인 은행원으로 일하면서도 2000여 편이 넘는 이야기와 에세이를 썼다. 대표작으로는 『돼지는 돼지다』와 『필로 겁: 통신교육 탐정』 등이 있다. 시종일관 유머 감각을 잃지 않는 작품들로 독자들에게 웃음을 주었다. 1899년 고향인 무스카틴으로 돌아와 연인인 아이다 지퍼(Ida Zipser)와 결혼했다.

제나

현대 한국의 시인. 성별·나이 알려지지 않음. 이 책의 편집자와는 연락이 된다.

에드나 세인트 빈센트 밀레이 (Edna St. Vincent Millay, 1892~1950)

미국의 시인·극작가. 산문을 쓸 때는 낸시 보이드(Nancy Boyd)라는 필

명을 썼다. 원래 소네트를 잘 쓰는 서정 시인이었지만 40대 이후에는 정치·사회 문제에도 많은 관심을 보였다. 배우로 연극 무대에 선 적도 있다. 여성이 속박 받던 시대에 '주체로서 여성'의 목소리를 시에 나타냈다. 시집으로는 『재생과 다른 시들』, 『두 번째 4월』, 『한밤중의 대화』 등이 있다. 시집 『하프 제작자의 발라드』로 1923년 퓰리처상을 받았다.

장경경 (蔣瓊瓊, ?~?)

중국 명나라 시대(서기 1368년~1644년)의 시인. 금릉 구원(舊院)의 기녀로 알려져 있지만 생애에 대한 상세한 기록이 남아 있지 않다. 1994년 사백양(謝伯陽)이 정리한 『전명산곡(全明散曲)』에 「규방의 그리움」 여섯 수가 기록되어 있다. 연인을 향한 그리움과 사랑을 사람들의 눈길을 신경 쓰지 않고 솔직하게 노래했다.

요사노 아키코 (謝野晶子, 1878~1942)

일본의 시인·소설가. 문학청년이었던 오빠의 영향으로 어려서부터 문학을 접하고 책을 많이 읽었다. 부모가 경영하던 과자점에서 점원 일을 하던 스무 살부터 일본 전통 시(와카) 전문지에 시를 투고하기 시작했다. 스물두 살 때인 1900년에 나중에 남편이 될 당대의 가인(歌人) 요사노 뎃칸을 만나 운명적인 사랑에 빠졌다. 요사노 뎃칸과의 연애를 그린 첫 시집 『헝클어진 머리칼』을 펴내면서 단번에 유명해졌다. 여성의 관능을 대담하게 표현한 이 시집으로 낭만파 시인으로서 스타일을 우뚝 세웠다. 1904년 9월, 일본이 군국주의로 빠져드는 분위기 속에서 러일전쟁에 참전한 동생이 무사히 돌아오기를 바라는 시 「아우여, 죽지 마라」를 발표하여 사회적인 비난과 지지를 함께 받기도 했다. 근대적 자아에 눈뜬 여성의 목소리를 자유롭고 과감하게 표현한 작품들을 많이 남겼다. 대표작으로 『헝클어진 머리칼』, 『사랑의 예복』, 『인간과 여자로서』 등이 있다.

피에르 드 롱사르 (Pierre de Ronsard, 1524~1585)

프랑스의 시인. 자기 나라말을 가볍게 여기는 당시의 문학 흐름에 반발해 등장한 '플레야드 시파'의 대표 시인이다. 순수한 프랑스어로 프랑스 문학을 더 아름답고 풍성하게 만들었다는 평가를 받는다. 1558년 궁중 시인으로 임명되어 공을 세운 신하들에게 찬사를 쓰거나 중요한 서신이나 연애편지도 대필했다. 시집으로 『오드시집』, 『연애시집』, 『엘렌을 위한 소네트』 등이 있다. 『엘렌을 위한 소네트』는 전쟁으로 약혼자를 잃은 엘렌을 위로하며 그녀에게 사랑을 고백하는 내용의 시집이다.

후지와라노 요시타카 (藤原義孝, 954~974)

일본 헤이안 시대의 시인. 『백인일수』의 50번째 시의 작자이다. 왕실 경호를 맡은 근위대 간부로서 관직에 종사하는 틈틈이 시를 지었다. 『슈이와카슈(拾遺和歌集)』에 실린 3편을 포함해 『쵸쿠센와카슈』에 모두 12편의 시가 기록되어 있다. 천연두에 걸리는 바람에 21세에 요절했으나, 그가 세상을 떠난 뒤 지인들이 『요시타카집』을 만들어 펴냈다. 불교 신앙이 깊어서 고기뿐 아니라 향기가 짙은 채소도 먹지 않았다고 한다. 헤이안 시대 역사서 『오오카가미(大鏡)』에 "이 분은 용모가 빼어난데, 후세까지 이런 미남은 다시 나타나기 어려울 것"이라 기록되어 있다.

베르톨트 브레히트 (Bertolt Brecht, 1898~1956)

독일의 시인·극작가·연출가. 의학도로서 제1차 세계대전 중에 육군 병원에서 일했으나 전쟁이 끝난 후 의학 공부를 포기하고 글쓰기와 연극에 집중했다. 현실을 비판하고 풍자한 시뿐만 아니라 낭만적이고 관능적인 사랑의 시도 여러 편 썼다. 시집으로는 『가정기도서』, 『스벤보르 시집』, 『부코 비가』 등이 있다. 망명 생활 중 연인인 마가렛 스테핀(Margaret steffin)이 죽자 여섯 편의 헌정시를 써서 바쳤다.

박미산

한국의 시인. 2008년 세계일보 신춘문예로 시부문 등단. 시집으로 『루낭의 지도』(2007년 한국문화예술위원회 창작지원도서), 『태양의 혀』(2014년 세종도서 문학나눔지원도서)가 있다. 2012년 고려대에서 문학박사 학위를 취득했고, 2014년 조지훈 창작지원상을 받았다.

김유

한국의 시인·작가. 한국과 일본, 영국에서 공부했다. 시가 아닌 다른 분야의 많은 책과 글을 펴냈으나 시를 발표할 때는 그런 경력을 나타내기를 부끄러워한다. 그의 시는 현학적이고 딱딱한 글말을 멀리하고 살아 있는 입말로 읽는 이와 소통한다. 시를 쓰거나 읽을 때 '노래'로서의 가치를 매우 중시한다. 휴대전화가 있는데도 사람들에게 전화번호를 알려주지 않는데, 이 책의 편집자와는 겨우 연락이 된다.

블라디미르 마야코프스키 (Vladimir Vladimirovich Mayakovsky, 1893~1930)

러시아의 시인·극작가. 기존 문학의 전통을 깨고 파격적인 형식과 내용을 실험한 러시아 미래주의의 대표 시인이다. 시의 혁명과 함께 정치·사회의 혁명을 꿈꾸었다. 시집으로 『바지를 입은 구름』, 『등골의 플루트』, 『인간』 등이 있다. 혁명적인 시뿐만 아니라 사랑의 시도 여럿 남겼다. 문학평론가 오십 브릭(Osip Brik)의 아내인 릴리 브릭(Lilya Brik)에게 반해 「나는 사랑한다」, 「그것에 관하여」 같은 시를 써 그녀에게 헌정했다. 마야코프스키 시의 열렬한 지지자였던 브릭 부부는 서로의 동의 아래 마야코프스키와 한집에서 살기도 하며 평생의 후원인과 애인이 되었다. 릴리 브릭은 마야코프스키가 젊은 나이에 세상을 뜨자 그를 추모하며 1년 동안 상복을 입었다.

폴 엘뤼아르 (Paul Eluard, 1895~1952)

프랑스의 시인. 프랑스 초현실주의를 대표하는 시인이었으나 1936년 스페인 전쟁 후에는 사랑과 자유라는 주제에 몰두했다. 첫 번째 아내가 달리(Salvador Dali)와 사랑에 빠져 떠나고 두 번째 아내도 피카소(Pablo Picasso)와 염문을 뿌려 크게 슬퍼했지만 이를 의연하게 받아들이고 아름답고 맑은 언어로 사랑을 노래했다. 시집으로 『사랑 시편』, 『시와 진실』, 『독일군의 주둔지에서』 등이 있다. 제2차 세계대전 중 레지스탕스 활동을 했다. 나치 점령 하의 파리에서 비밀 출판물인 『심야총서』를 간행하는 등 프랑스 저항문학의 대표적 시인이다.

미키 로후 (三木露風, 1889~1964)

일본의 시인. 초기에는 주로 낭만적인 시를 썼으나 뒤에 상징적인 시도 썼다. 시인 기타하라 하쿠슈(北原白秋)와 함께 겉으로 드러나 훤히 보이는 모습보다 암시적인 이미지를 강조하는 '백로시대(白露時代)'를 열었다. '백로'란 말은 두 시인의 이름에서 각각 한 글자씩을 따왔다. 1915년 홋카이도의 수도원을 방문한 후에는 천주교에 입교하여 종교색이 짙은 시를 남겼다. 시집으로 『폐원』, 『흰 손의 사냥꾼』, 『믿음의 돌』 등이 있다. 오늘날까지도 사랑받는 일본의 동요 「고추잠자리」는 시인이 자신의 어린 시절을 노랫말로 옮긴 것이다.

김므즈

한국의 가수. 대학에서 철학과 신학을 공부했다. 밝고 바르게 자라라는 뜻으로 법정스님이 지어준 본명 '명정(明正)'의 뜻이 부담되어 그 이름을 부러 뭉뚱그린 '므즈'를 예명으로 정했다. 차분하고 잔잔한 목소리로 일상의 이야기들을 꾸밈없이 노래하고 있다. 앨범으로『소복소복, 두리번두리번, 뚜벅뚜벅』이 있다. 2014년 유재하음악경연대회 동상을 받았다.

앨런 알렉산더 밀른 (Alan Alexander Milne, 1882~1956)

영국의 시인·소설가·극작가·동화작가.『곰돌이 푸』의 원작자다. 원래는 수학을 공부하기 위해 케임브리지대학교에 입학했으나 오히려 문학에 관심을 갖고 몰두했다. 시, 동시부터 추리소설까지 다양한 장르를 넘나들며 익살스러운 문체로 밝고 경쾌한 작품을 썼다. 대표작으로는『우리가 어렸을 때』,『붉은 저택의 비밀』등이 있다. 외아들인 크리스토퍼가 가지고 놀던 봉제인형에서 영감을 얻어 집필한『곰돌이 푸』는 오늘날까지도 세계의 독자들에게 널리 사랑받고 있다.

잘랄 아드딘 무하마드 루미 (Jalal ad-Din Muhammad Rumi, 1207~1273)

페르시아의 시인·신학자·법학자. 이슬람 최고의 신비주의 시인이며 종교와 철학이 가진 편견을 넘어 음악과 춤의 황홀경 속에서 절대 사랑을 노래했다. 시집으로는『마스나비』,『카비르 시집』,『샴스 타브리즈 시집』

등이 있다. 2만 6000여 구로 이루어진 여섯 권의 시집 『마스나비』는 스승이자 영혼의 동반자였던 샴스 타브리지(Shams Tabrizi)를 잃은 슬픔 속에서 썼다.

라이너 마리아 릴케 (Rainer Maria Rilke, 1875~1926)

독일의 시인. 아버지의 뜻을 따라 고등군사학교에 입학했으나 병약한 기질 때문에 중퇴했다. 프라하와 뮌헨의 대학에서 문학사와 예술사, 미학을 공부했다. 1896년 루 살로메(Lou Andreas-Salome)를 만나 어머니가 지어준 이름인 르네를 라이너로 바꾸고 평생 시인으로 살겠다고 결심했다. 파리에서 조각가 로댕(Auguste Rodin)의 비서로 일하면서 로댕의 예술론을 접하고 큰 영향을 받았다. 이때 사물을 바라보는 새로운 방법을 깨닫고, 이전과는 다른 작품들을 쓰기 시작했다고 한다. 시집으로 『형상 시집』, 『두이노의 비가』, 『오르페우스에게 보내는 소네트』 등이 있다. 사랑했던 루 살로메에게 수많은 사랑의 시를 남겼지만 자신이 살아 있을 때는 대부분 발표하지 않았다.

페드로 살리나스 (Pedro Salinas, 1891~1951)

스페인의 시인·문학비평가. 1923년과 1927년 사이에 등장해 전통적인 운율과 시작법에 반기를 들었던 개혁적 시인 집단 '27세대'에 속한 서정 시인이다. 간결한 문장으로 이루어진 아름다운 사랑의 시를 많이 남겼다.

시집으로는『우화와 기호』,『사랑 이야기』,『모든 것을 더욱 명확히』등이 있다. 아내와의 연애 시절 아내에게 매일 보냈던 편지들은 딸 솔레다스에 의해『마르가리타에게 보내는 사랑 편지』라는 책으로 출간되었다.

프랑시스 잠 (Francis Jammes, 1868~1938)

프랑스의 시인·소설가. 평생을 피레네산맥의 산간 지방에 머물며 아름다운 자연과 목가적인 생활을 노래했다. 상징주의 말기의 퇴폐성에 맞서 소박하고 종교성이 짙은 시를 썼다. 윤동주는 잠의 시를 '구수해서 좋다'고 평했고, 릴케는 소설『말테의 수기』에서 작가 지망생인 청년 말테가 동경하는 시인으로 프랑시스 잠을 꼽았다. 시집으로『새벽의 삼종에서 저녁의 삼종까지』,『프리뮬라의 슬픔』,『하늘의 빈터』등이 있다. 1917년 프랑스 아카데미 문학 대상을 받았다.

다카무라 고타로 (高村光太郞, 1883~1956)

일본의 시인·조각가. 도쿄미술학교를 졸업하고 미국과 유럽에서 문학과 조각을 공부했다. 1914년 화가 나가누마 지에코와 결혼했다. 1932년 정신분열증에 시달리던 아내가 음독자살을 시도했으나 끝까지 그녀를 포기하지 않고 요양을 위해 여러 곳을 옮겨 다니며 정성껏 간호했다. 1938년 아내 지에코가 폐결핵으로 죽자 그녀와의 추억과 변함없는 사랑을 시에 담아 1941년 시집『지에코초』를 발표했다. 시집으로『도정』,

『지에코초』,『지에코초 그 후』 등이 있다. 생을 마치기 직전까지 20여 년 동안 아내를 향한 추모의 시를 계속 썼으며 1956년 아내와 같은 병인 폐결핵으로 죽었다.

루 안드레아스 살로메 (Lou Andreas-Salome, 1861~1937)

독일의 작가 · 정신분석학자. 니체, 릴케, 프로이트 등과 교감을 나누며 그들에게 많은 영감을 주었다. 언어학자인 프리드리히 칼 안드레아스(Friedrich Carl Andreas)와 결혼해 평생 부부로 지냈으나 자유연애주의자로서 한 사람에게 얽매이지 않고 여러 남자들과 사랑을 나누며 여성의 욕망에 대해 자유로운 글을 썼다. 대표작으로『신을 찾기 위한 투쟁』,『회상록』,『프로이트에 대한 나의 감사』등이 있다. 연인이었던 릴케와 나눈 편지들은 1955년『라이너 마리아 릴케 루 안드레아스 살로메 서한집』으로 출간되었다.

아리와라노 나리히라 (在原業平, 825~880)

일본 헤이안 시대의 시인. 헤이제이텐노(平城天皇)의 손자.『백인일수』의 17번째 시의 작자이다. 할아버지 헤이제이텐노가 동생에게 넘긴 왕권을 되찾으려다가 실패로 끝난 '구스코의 난(藥子の變)' 이후 신민으로 강등되었다. 수려한 외모와 자유분방한 성격으로 연애 감정을 읊는 와카에 뛰어났다.『고금와카집(古今和歌集)』의 30편을 포함해『쵸쿠센와카슈』에

87편의 시가 기록되어 있다. 와카를 중심으로 만들어진 설화집 『이세 이야기』의 주인공으로 여겨진다.

페데리코 가르시아 로르카 (Federico Garcia Lorca, 1898~1936)

스페인의 시인·극작가. 당시 스페인의 개혁적 시인 집단 '27세대'의 대표적인 시인이다. 고향 안달루시아 지방의 민속 음악과 집시 문화에 영향을 받아 정열적인 사랑을 노래했다. 그의 시 낭송회는 늘 수천 명의 민중이 몰릴 정도로 인기가 있었다. 시집으로 『집시 민요집』, 『뉴욕에 온 시인』, 『타마리트 시집』 등이 있다. 시집 『집시 민요집』으로 1928년 스페인 국가문학상을 받았다. 1936년 스페인 전쟁이 일어나고 며칠 뒤 고향에서 파시스트들에게 사살되었다.

하야시 후미코 (林芙美子, 1903~1951)

일본의 시인·소설가. 서민의 삶을 소재로 한 자전적 작품을 많이 남겼다. 자유롭고 생명력 넘치는 목소리로 노동 문제와 여성 문제 등 사회의 여러 문제들을 생생하게 그렸다. 대표작으로 『창마(蒼馬)를 보고』, 『방랑기』, 『청빈의 책』 등이 있다. 소설 「만국(晚菊)」으로 1948년 여류문학자상을 받았다. 사후에도 여러 작품이 영화, 연극, 드라마로 제작되어 많은 관심을 받았다.

힐레어 벨록 (Hilaire Belloc, 1870~1953)

영국의 시인·역사가·정치인. 프랑스에서 태어났으나 1902년 영국으로 귀화했다. 열렬한 로마 가톨릭 신자로서 종교와 정치에 관한 논쟁적인 글을 많이 남겼지만 유머러스하고 감미로운 시도 썼다. 시집으로 『운문과 소네트』, 『나쁜 어린이를 위한 동물 우화집』 등이 있다. 미국인 엘로디 호건(Elodie Hogan)에게 첫눈에 반해 수차례 미국으로 찾아가 구애 끝에 결혼했다.

본서 수록 시와
외국어 시의 한국어 번역
저작권 정보

우리 사랑은
매년 다시 피어나는
봄꽃 같았으면 좋겠다

초판 1쇄 인쇄 | 2020년 1월 20일
초판 1쇄 발행 | 2020년 2월 5일

지은이 | 서동빈
펴낸이 | 반기훈
편집 | 김유, 반기훈

펴낸곳 | (주)허클베리미디어
출판등록 | 2018년 8월 1일 제 2018-000232호
주   소 | 04092 서울특별시 마포구 신수로29 2층
전   화 | 02-704-0801
홈페이지 | www.huckleberrybooks.co.kr
이메일 | hbrrmedia@gmail.com